新潮文庫

帰宅の時代

林　望著

目次

第二章　私が歩んできた「自分らしさ」　97

第三章「自分らしさ」を見つけるための六カ条 149

帰宅の時代

はじめに

つくづく、いい時代がやってきました。

この景気が低迷した不安定な世の中は、なにもかも悪いことばかりのようにみえますが、果してそうでしょうか。

私には、どうもそうでもないように思えるのです。

思えば、明治維新という未曾有《みぞう》の大変革が成功したのは、江戸時代という長期安定時代に、国民の側でのひとまず行き届いた教育が用意されていて（江戸時代における日本国民の識字率はおそらく世界一高かったろうと思われる）、資本も民間には十分蓄積されていて、その上でしかし、すっかり閉塞《へいそく》しつくした幕藩体制のもたらした不景気ということがあったからであろうと思われます。

このままではもうにっちもさっちもいかない、そういう風に切羽つまらなくては、国家なんて巨象はとても動くものではないのです。

閉塞した体制のもとでは、膨大な既得権とそれに癒着した特権階級がはびこり、これが容易なことでは退治できない妖怪変化《ようかいへんげ》となって暗躍しています。

その退治しにくい獅子身中《しししんちゅう》の虫を、下克上《げこくじょう》的な力で、地方の下級武士たちが押し倒したのが明治維新だったのだろうと、こう思ってみると、今のこのすべてが整ったなかでの、容易ならぬ閉塞状況というものは、そして構造的不景気、というのはまさに国が内部から変わっていくための格好のチャンスなのではないかと思われてくるのです。

しかし、日本は景気が低迷しているとは言いながら、決して国民の富がなくなってしまったわけではありません。富は膨大にあって、世界に冠たる大国であることは、じつはちっとも変わっていないのです。国民の教育水準もまた、なお世界に冠たる高水準にあります。

しかもバブルで浮かれていた時代は去り、国民はすっかり目覚めて、冷静にこれから先を見つめようという機運に際会しています。

改革のための基礎は、かくてすでに用意されているのではありませんか。

たとえば、いま、若者たちが就職しなくなってきている。

あるいは就職したくても、思わしく良い仕事にありつけない、という場合も一昔前にくらべるとずっと増えてきています。

つまり、皮肉なことに、大学進学率からいえば、戦後一直線にその数値は高まって、すでに若者の過半が大学に行くようになったのと比例するように、大学を卒業しても正社員として働く道を採らないという人が増えてきています。

私たちが大学生だった時代には、それは考えられなかった状況で、当時は大学を出て就職できないのは人生の敗者というような扱いだったものですが、今は、そんな時代ではもはやなく、敢《あえ》て「就職」せずに、もっと自由な生き方を選びたいという思いでフリーターのような形でお金を稼ぎながら、なにか別のことに最大の努力を傾けるという人も、今では少ない数ではなくなっています。

さらに、そこへ近年とみに増加した派遣社員・契約社員などという形の雇用が、不景気にさらされてたちまち契約を打ち切られ、好むと好まざるとにかかわらず、フリーターのような形で、生活を立てていかなくてはならないという人たちも、これまた夥《おびただ》しく増えています。それはそれで、また別の社会問題を惹起《じやつき》しているわけですが、とはいえ、かかる状況からすると、終身雇用という制度がもはや過去のものとなってしまったことは、どうしても動かない事実に違いありません。終身雇用、年功序列、という一種の封建制のようなスタイルには、それなりの良さがあるとは思うのですが、といって、やはりそこには、自分の人生をすべて会社に捧《ささ》げてしまって、個人としての人生をないがしろにしてきたという側面があったことは否《いな》めないところです。

この終身雇用に馴染《なじ》まない人たちが増えてきて、それだけまた自分らしい生き方を第一に考えようとする若者たちも増えてきたということになると、大学を卒業して「就職」せずに別の道を選ぶという人たちを、一概に敗者として見ることはもはや妥当ではない、つまりは、「それも一つの人生」と、そのように積極的に意味づけを考えなくてはいけなくなってきました。

いや、それどころか、彼らの生き方をよく見ていると、あれは単なる怠惰とか打算でああいう道を選んでいるのでもなさそうに思えます。

ひとたび会社に入ってしまえば、そこには圧倒的な力で自分を縛ろうとするシステムがあり、自分はどうしてもそれにインボルブされたくない、そういう抵抗の姿勢がありはしないかと思うのです。

そういう自由への希求は、私にもたしかに理解できる。しかし、といってそれでは、いつまでもフリーターという暮らしを謳歌《おうか》貫徹することができるでしょうか。それもまた、家庭とか子供とか、あるいはさまざまな保障というようなことを思うときに、いつかはフリーターでない、地に足の着いた社会人として定着していってほしいという思いが私にもあります。

こういう若い人たちのムーブメントというものを、私は、今迄《いままで》の日本社会の古い体質や因習に対するプロテストであろうと読みます。

今や未曾有の不景気時代を経過して、少しずつ立ち直っていこうとするなかで、なにかが変わろうとしているのです。

それなら、これを変革の絶好機ととらえ直すことで、やがて若いドロップアウトたちをも取り込んで、新しい人的パワーを再構築するチャンスと変じることはできないでしょうか。

この動いていく時代のなかで、私自身は、膨大な人口をもつ団塊の世代に属していますが、その私の同世代人たちは、すでにある程度の資産形成を終え、次第に会社専一の暮らしから、もっと自分自身の暮らしとは何なのかというところに視座を据えて取り組みつつあります。

このとき、なにが肝心なのかと言えば、今までずっと会社第一で滅私奉公的に生きてきた人生の、帆の張りかたを変えて、もっと自分らしい生き方とはなんだろうと、遅まきながら考えることです。いや、考えるだけではなくて、すでに、せっせと実践していかなくてはならない切所《せっしょ》に立っていると思えます。

ここが、いわば物の見どき、考えどき、試みどきなのです。

いっぽう、もっと若い人たち、今三十代とか四十代くらいの中堅サラリーマン層の世代となると、これから先、年金もなにも不確定な、それこそ先の見えない時代に真っ向から取り組んでいかなくてはなりません。

そうなると、私ども世代よりさらに切実に、長い老後に、つまりはリタイアしたあとの人生を、どう有意義に培《つちか》っていくのかということを、今から、十分に意識しておかなくてはならないということであります。

ある意味では、会社に打ち込む力を何割か削《そ》いでも、その力を自分自身に向けて努力し蓄積しておかなくては、やがてしまったと思うときが、きっと来るだろうと思うのです。

男も女も、その点ではなにも変わりはありません。いや、これからの時代はそんなことを区別していてはいけないのだと思います。

なにごとも共同に参画し、共同に責任を分担し、そして調和していくべき時が来ています。

そんなことも視野に入れながら、まずは「自分らしい」生き方とは何かということに思いを致して、粛々と、しかし徹底的な意識改革を試みなくてはいけない、そんなことをこれから考えてみることにしたいと思います。

第一章　「自分らしく」暮らすための十カ条

第一条　家に帰ろう！

まずなにはともあれ、「家に帰ろう！」ということから話を始めましょう。

かの夢多き高度成長時代に、日本のビジネスマンたちはあまりにも家庭というものを蔑《ないがし》ろにしてきました。企業戦士なんていう悲壮な言い方もできたように、まるでそれは企業のために滅私奉公的に戦うケナゲな姿でありました。

まあ、それだからこそ、日本が世界に冠たる経済大国になれたわけですから、このこと自体は功罪あい半ばするものがあるにちがいありません。

その影の部分は、働き過ぎによる過労死とか、ワーカホリックとか、燃え尽き症候群とか、あるいは鬱病《うつびょう》とか、自殺とか、さまざまな形となって、この時代の、とくに男たちを苦しめてきたと言ってよいのだと思います。

「自分は決してそんなことなかった」とかつてを振り返れる男たちは、ほとんどいないかもしれない。

それは同時に、じつは男だけの問題にはとどまらず、彼らが仕事一辺倒で家庭を顧みず、家事も育児も妻に任せきりという状況を作ってきたことで、妻や子供たちにとっても大きな問題をはらみ続けてきました。

こういう意味では、その「仕事」のなかに、休日の接待ゴルフやら飲み会やらつきあい麻雀《マージャン》なんかも含めてよろしい。

その結果、ついこのあいだまでは、家族と一緒に食卓を囲むことなど週に一日あればいいほうだという人が大半を占めていたかもしれません。

少なくとも、私の父なども含めて、すこし前までの男たちの生活はそういう形でした。それが、悪いこととは決して誰も思っていないので、むしろそうすることが、男の甲斐性《かいしょう》、そうやって自分は家族を養ってやっているのだという自負にもつながっていたのです。

しかしながら、よくよくおもんみれば、こういう状況が家族のために良くないのはもちろん、翻《ひるがえ》って自分のためにも良くなかったのではないか、とそこに思いを致したいと思います。

本来、家庭は人間がもっともリラックスして素顔をさらけ出せる場所です。その家庭を蔑ろにして「外の生活」ばかりに尽瘁《じんすい》していたのでは、常に何らかの「仮面」をかぶって生活することになり、つまりは自然体の、ありのままの自分自身でいる場がなくなってしまっていた、そういうことでもありましょう。

逆に言うと、家庭を大事にする男を軽蔑《けいべつ》し、家族を犠牲にしても会社のために働くのが立派な企業戦士だとするような精神風土が、この国の男たちから、ちょっと大げさにいえば、明治の維新以来、ずっと「個人・わたくし」としての生活を奪ってきたということなのです。

思うに、現今は、男よりも女のほうがいろいろな意味で自己実現に積極的で、自分を磨く術《すべ》も心得ているように見えます。会社づとめをしていても、単にその会社の一歯車であるだけにとどまらず、積極的に留学を試みたり、時間外に、なにかの勉強をしたり、あるいは休日に映画・演劇・美術展などの文化に心を傾けたり、自分自身もなにかコミュニティのなかでの活動にいそしんだり、ダンスやアートなどの技術習得に励んだり、そういう場にはほとんど女の人たちしか居ないと言っても過言でないくらいに、その男女の温度差は大きい。で、その背景にはこの「家庭との距離」の違いもあるのだろうと、私は見ています。

もちろん個人差はあるにしても、やはり男に比べると女のほうが、自宅に居て家庭の中での生活を楽しめる人が多いだろうと思います。

子育てだって、大変なことではあっても、子育ての楽しみは、濃密に関わっているぶん、母親の方が多く享受《きょうじゅ》していると見て、たぶん間違いない。

それだけに、自分自身と向き合う時間も長いので、これから自分が何をすべきかもよくわかる道理です。

また家庭に縛られているという「不本意意識」が彼女たちにあるとしたら、その分また、そこから自分を解放したいという意志も強い。

この間、男のほうは、「家のことなんか顧みていられるか」などと言いながら、実は自分自身を顧みることを怠ってきた、とそのように見ることもできます。

だから、いざ個人としての自分に何ができるか、あるいは本当の「自分らしさ」とは何か、を考えようとすると、そこには何も用意がなく、空っぽで、うろたえてしまったりするわけです。

はたしてそんなことでよろしいか。そう自問して、心の声に耳を傾けてみることです。

するど、きっとよろしくはありますまい。

会社にのみ向いていた目を、いま家庭に振り向ける、そのなかにしっかりと「居場所」を確保し、男としての存在感を示し（誤解のないように言っておきますが、決して男は家庭のなかで威張っていろという意味ではありません）、自分の意見をはきはきと言い、そして、自分がこれから先、会社という温床を離れて、自分個人の世界に立ち戻ったときに、さて一体何をしたらいいのか、いや、ほんとのほんとは何をしたいのか、ということを、つくづくと考えておかなくてはいけません。その絶好のチャンスが今という時なのだと、これは肝に銘じてお考えいただきたいのです。

家庭は、地域のコミュニティと密着した場所でもあります。昔のように密度の濃い地域社会はすでに都市部から消えているとはいえ、主婦や子供たちはそこで生活しているので、それなりに近所の人たちとつきあい、コミュニティとのつながりを保っている。

このコミュニティのなかの連帯と調和ということは、これからお話しする自己を大切にする生き方にとってはとても大切な要素です。

個人を尊重する社会には、ともすれば社会がばらばらになりやすいという弱点があります。しかし、西欧の社会には、その弱点を補う意味で、いっぽうでまた市民としての生活的な空間のなかでの連帯というものも厳然としてあります。

たとえばイギリスでいうと、卑近なところではパブという娯楽空間があります。これは本来プライベートハウスに対してのパブリックハウスというのがその原義です。つまり、それぞれの家に孤立しているのではなくて、村や町の市民たちが、心おきなく寄り合って、会社とか肩書きとか、そういうものは持ち込まないで、市民ソサエティとしての和気藹々《あいあい》たるつきあいをする場、とそんな風に考えたらいいのです。こういう空間は、残念ながら我が国にはほとんどありません。

また、たとえば、自分たちの住んでいる町を汚さないための協定を結んだり、あるいは古い町並みを保存するためにある規範を申し合わせたり、そういうことをする市民の集まりを、ローカル・アメニティ・ソサエティと申します。このような市民共通の場も、イギリス全土には存在していて、景観の保存や復原のために非常に役立っています。いずれも金儲《かねもう》けでなくて、すべてボランティアの活動です。

いわば、そういう個人主義を基底にもちながら、いっぽうで連帯を志向していくベクトル、そういうものが、個人の生き方を尊ぶ社会が分解して孤独で暗いものになっていくのを防いでいます。

日本では、男女一緒になっての、いま述べたような形の市民社会的連帯は、まだほんの部分的であって、十全に機能しているとはいえない状況にあります。が、それでも、たとえば、子供の幼稚園や学校を紐帯《ちゅうたい》とするおつきあいとか、あるいは町会などの集まり、さらには地方によっては婦人会などの勉強会とか、さまざまな形で人々が集まることがあります。そういうものは、思うにやはり比較的に家庭に密着していて、したがって地元社会とも関係の濃い女の人たちのほうが、今のところより豊かに持ち得ていると言うことができると思います。

このような場に、男が乗り遅れていては、これからの高齢化社会、あるいは核家族化の進展した孤独な社会のなかで、きっと将来は寂しいものになっていかざるを得ない。

そこでいま、この状態をひとまずご破算にして、男たちも、せいぜい家庭に帰ることによって、地域と自分の結びつきを構築していくことを考えたほうがいいのではありますまいか。

また、まさにそういう時代が今来ているのだと、私は指摘しておくことであります。

■家族とのお喋《しゃべ》りの中に「自分」がある

さてそこで、いざ家庭に回帰したとしましょう。

そのとき、なにしろあまり家を顧みることをせずに来た人は、「家に帰って、家族と何をして過ごしたらいいんだ？」と戸惑ってしまうかもしれない。

あるいは、これもよく聞く話ですが、夫が家庭のなかにいると、妻としてはうっとうしくてかなわない。どこかへ出ていってくれないか、とそんなふうに邪険にされるということもあるようです。

これも男たちの「身から出た錆《さび》」だと言ってしまえばそれまでですが、よくよく考えてみれば、夫も妻もこのことについては共同責任です。

会社にかまけて、ろくに妻子と話もせずに何十年も過ごしてきた夫と、それを認めてしまって自分たちだけで夫を疎外《そがい》した家庭像を築いてきた妻と、どちらにも非がある。

本来、家族は空気のようなものです。ここに空気があるぞと意識せずして、私たちは、つねに息をしています。それとおなじように、家庭というものは、何の緊張もせず、意識もせずして、らくにつきあえる空間、とそうあるべきです。ところが、その肝心の家庭とのつき合い方がわからないとしたら、それは「呼吸の仕方がわからない」と言っているようなもの。今まで家庭生活を疎《おろそ》かにしていた罰が当たったというものであります。

私自身のことを考えてみると、若いころから、研究者という立場で、幸か不幸か三十歳まで専任職につけなかったせいもあって、なにかと家庭のなかでじっと勉強なんかしている時間が長かったものでした。

そこで、四六時中妻子と顔を合わせているわけですから、私もそれが自然だし、家族のほうでも夫・父親がそこにいるからといって特に煙たいことも疎《うと》ましいこともない、あたりまえの風景として私が存在しつづけてきたのでした。

すなわち、私たちが息をするとき、さてどうやって息をしようかなどと考えることがないのと同様に、「さて家族とどうつきあおうか」「家族で何をしたらいいだろう」などと、私はついぞ考えたことがない。それこそ息を吸ったり吐いたりするのと同じように、とくに意識しなくても自然につき合えます。

あるがまま、自然な気組みで、あたりまえに家庭に居る、それこそがもっとも本来的な存在感の示し方なのだと、これは自らを省みつつ思うところであります。

ところが、会社人間で、日頃殆《ほとん》ど家に居たことのない人は、たまに家族と過ごす時間を持つと、どうしても「ほどの良さ」が分からない。それで思い切り「深呼吸」のようなことをしてしまうのでしょう。自然に息をすればいいところを、つい行きすぎてしまう。すなわち、キャンドルが卓上に輝いているような高級レストランに誘ってみたり、ディズニーランドへ朝も早よから出撃していったり、巨大な四駆車を引っ張り出して急にアウトドアに志向したりなど、なにかこう特別な「イベント」を企画してしまいがちです。つまりは、日頃顧みなかった罪滅ぼし、みたいな感じがあるのでしょう。

いやいや、私は、そんな罪滅ぼしのために「家へ帰ろう」と言っているわけではありません。

それではまた、せっかく家庭に戻ってまで、「家族サービス」という名の「仕事」をすることになるわけで、そこでまた「父親」や「夫」の仮面をかぶることになってしまう。これでは素顔の自分をさらけ出すこともできないし、その素顔で家族と向き合うこともできない。

だいいち、外出してなにかのイベントをやっていたのでは「家庭」に帰ったことにならないではありませんか。

そうではなくて、何もしない、落ち着いた空気のような水のような時間を持つのが、家庭に帰ることの最大の意味なのですから、家に帰ったら家にいようよ、なにもしないでダラダラと、そう私は呼びかけたいのです。

まあ、年中ダラダラばかりもしていられないかもしれませんが、では家で何をすればいいかというと、まあ、ふつうに生活をすればよろしい。

べつに、何か特別なことをする必要はありません。

ふつうに暮らしていれば、家族そろって食卓を囲むこともあるでしょうし、それぞれテレビを見たり本を読んだりしながらバラバラに過ごすこともあるでしょう。それでいいんです。なにも家族そろってなにかをしなくてもいいのです。

大切なのは、そのときに家族と言葉を交わすことです。

いやいやそういうと、家にいるときくらい放っておいてくれ、せっかくの休みに家族でなにか「話し合う」なんてのは願い下げにしたい、とそういうお父さんたちの声が聞こえてきそうです。

まさか、会社の会議でくたびれているお父さんに、家でも何かテーマを設けて妻子と「話し合い・ディスカッション」をしろなどと言っているわけではありません。

私が言うのは「お喋りをしよう」ということにつきています。テレビや新聞でちょっと見聞きしたこととか、会社や学校で経験したこととか、そういう他愛《たわい》もないことでかまわないから、どんどん「お喋り」をするんです。

なんだ「お喋り」か、などとばかにしてはいけません。

「お喋り」こそが、家庭におけるコミュニケーションの最大のメディアであり、つまりは家族各員の存在感のありどころだといってもよいのですから。

「男は黙って」なんていって、家にいても黙然《もくねん》として口をきかない男たちは、家庭に「いないも同然」です。だってコミュニケーションの手段を拒否してるんだから、そこに物理的に存在しているだけでは銅像が立ってるのと大差ありません。かえすがえすも、寡黙《かもく》なんてのは美質でも徳目でもない、と私は言うをはばからない。

いや、お喋りと言っても、なかにはそりゃ下らなくて取り合うに及ばないこともありましょう。けれどもそれもふくめて「家庭」なんです。

ほかの所では、そんなくだらないことを喋りあうこともできないかもしれないが、家のなかではリラックスしてなんでも喋りあっている。そうあってこそ、そのなかにそれぞれの人の思いもおのずから表明され、ひいては向き合うべき「自分」も、そのお喋りの中に発見されるのだと私は思っています。

いずれにしろ、家族同士で話をしなければ、家庭は健全に機能しません。たとえば子供の家庭教育なんかも、根幹はそこにある。教育論の本なんぞ読むよりも、哲学的討論を交わすよりも、まずはお喋り。無意味でもいい、面白おかしくお喋りをしたい。

こう考えてみましょう。ここに、ほとんど父親が帰ってこない家庭、あるいは家にいてもいっこうに口をきかないので父親の存在感がない家庭などがあるとします。この場合、子供の教育はもっぱら妻、すなわち母親まかせです。

けれども、経験上、男親と女親というのは、子供に対しての接し方というか、視点の持ち方というか、そういうものが根本的に違っていると私は思うのです。そうして、母親が専権事項のように子供の教育に当たっている場合は、子供が「大人の意見」あるいは「親の意見」として聞かされる言葉には、つねに女親の目で見て、女の言葉で語られることばかりになってしまうから、どうしても偏《かたよ》りが生ずることが避けられません。

そこに父親が男親としての視点を持ち込んで初めて、子供は二つの違った考え方、いまどきの言葉で言えばセカンドオピニオンに接する結果、バランスの取れた意識を持てるようになるわけです。いわば、そういうありようが理想なのですが、中には、シングル・ペアレントの家庭だってある。けれどもこの場合も、親の両親とか、兄弟とか出来るだけ「違う視線」による意見を聞くことが望ましいと私は思っています。

■「家族は一心同体」という幻想

小学校くらいから子供も自我を持ち始めます。

そうして中学生や高校生ぐらいになれば、親からすれば反抗的とも見られるような、独自の意見というものが出てくる。

そうなると今度は、親のほうも、コンチクショウとは思いつつも、やはりそれに耳を傾けなければいけません。

家族が、そうやってお互いに意見を表明し合い対話を続けていく場としての家庭を持ち得た人は、やはり幸いです。そういうありようは、さてなにか問題が起きたとき、泥縄式に話し合おうなどと思ったってそうはいかない。

だからこそ、日頃からお喋りをして、いわば家庭の会話の畑を耕しておきましょうと提案をしておくのです。

そうやって耕した畑には多くの会話の芽が出て花も咲く、実もなるでしょう。けれども、日ごとの手入れを怠って草ボウボウにしておいた荒れ畑には、会話の花など咲きはしないのだということを、よく肝に銘じておくことが必要です。

つまりは、そういう会話の畑を耕すチャンスを、従来の会社偏重型の男たちは、みすみす失ってきたということなんです。

さて、そこです。いま、次第に男たちも会社一辺倒という生き方に疑問を感じはじめ、同時に景気低迷ということもあって、多くの人が家庭に意識を向けるようになってきたように思います。ね、だから、いまこそ、あるべき家庭の姿を取り戻すチャンスなんです。

家庭での会話はお互いに素顔をさらけ出せるという点で、ほかの場所での人づき合いとは異なります。

だからこそ、とくに子供が小さい頃からの耕しが大切です。ある程度自我が育ってしまってから急になにか話そうと思っても、その自我がじゃまをして、なかなか本音というものが出てこない。それが実相です。

ですから、そりゃもう子供が赤ん坊のころから、しょっちゅう家の中でお喋りをしていましょうよ、と提案してるんです。そうすれば、家庭のなかのお喋りには、かならず本音が出てくる。

いや、本音の会話を通じて「自分」を取り戻せるのが、本来の家庭なのであります。家庭の会話の不毛や、それによる空洞化が原因となって、各人が家庭のなかで孤立していくと、どうしても「自分がなにをしたいのかが分からない若者」を増やすもとともなり、また、それは若者だけの話ではなくて、親の世代だって、自分はいったいこれから先なにをしたらいいんだろうと、ただ立ち往生している熟年世代を作り出す素因ともなっているにちがいない。

ただ、ここで勘違いしてほしくないのは、「意見を表明し合う」ことと「意見を一致させる」は同じではないということです。

私は、家族同士で徹底的に意見をすり合わせて同じ価値観を共有すべきだなどという夢のようなことを言っているわけでは決してありません。

たしかに、和気藹々《あいあい》と仲良く言葉を交わすのは大切です。でも、いくら仲の良い家族だからといって、みんなが同じ意見を持つ必要など、どこにもありません。

むしろ、それぞれが自分の生き方を独自に模索しつつ、個性豊かに生きているとするならば、同じ意見など持てるはずがありません。

個人の生き方を尊重する社会の原則は、なにはともあれ「人それぞれ」であって、それは家族といえども同じです。自分と違う突出した考え方の持ち主がいても、それはそれで受け入れていかないといけない。

子供の意見も、もちろん間違いは正すべきですし、長く生きている者としてのアドバイスも必要ですが、自分と違うからといって頭から抑えつけるのはいけない。なによりもまず、一人ひとりの意見をよく話し、よく聞く、万事はそこから始まるので、その限りでは、親が命じ子供が従うという古色蒼然《そうぜん》たる家庭の姿は、いかになんでも、もう清算しないといけません。

■別々だけど尊重し合う

たとえば、ただ夫婦間だけに限ってみても、「夫婦は一心同体」、あるいは「以心伝心」などというのはまったくの幻想です。

いままで勝手に男どもがそういう幻想を抱いてきたにすぎないので、実際にはその陰で妻たちが我慢を強いられてきたというのが実態であろうと思います。

私たち夫婦の場合は、ほんとうに幸いだったと思うことが一つあります。それはそもそもの出会いがクラスメイトであったということです。年も同じ、学校も同じ、その不確定で愉《たの》しかった青春時代を、共通の空気を吸って育った「仲間」、そこから出発できたということは幸運でした。

もっとも、そうは言っても、結婚した当初は、なにかと育った家庭の価値観の違いやら、性格の相違などももちろんあって、口角《こうかく》泡を飛ばしての言いあいなどもずいぶんしたことでした。しかしながら、そうして年中やりあっているうちに、どちらが我慢したというのでもなく、妥協を重ねたというのでもなく、いつのまにか何でも言いあえる仲間意識のようなものが育っていったような気がします。いわば、その意見の交換においてまったく対等という関係が自然にでき上がって行きました。妻にももちろん不満はたくさんあったでしょうし、私とて譲歩したことは少なくない。しかし、そうやっていても不和ということには少しもならなかったことを、私は感謝しなくてはなりません。

いつのまにか、気がつけば、彼女は私の考え方を十分に理解して好きなようにさせてくれる、また私も彼女の人生観を重んじて必要以上に容喙《ようかい》しない、そういうような一種クールな共同関係が成立していました。

結果的には、私どもの間では、それぞれの個人的生活は各自が自己完結的に執行し、なにか困ったときには互いに相談に乗り、助け合う、そういうことになっています。

妻は子供たちが成人してから文化放送の放送作家塾というところに通って、放送の構成などをする方法を学び、地元のローカルFM放送で二つほどの番組の構成台本を書く仕事を持ちました。それは独立の生計を立てるというような仕事ではありませんが、しかし、「主婦」という役割を離れて、自分独自の目的や責任を持ち、それでいくばくかの収入を得るというのは非常に意味あることと思っています。

そこで、私どもはそれぞれが別々の書斎をもち、寝室も別室、起きる時間も寝る時間も各自自由にやっています。しかしながら、たとえば食事は、できる限り二人で一緒に食べる。その調理方《かた》はもっぱら私の仕事で、料理は得意じゃない妻はこれに容喙しません。彼女はもっぱら食べる役。ただし、食後の皿洗いはやってくれることが多いのです。

こうして朝は私が起きてくるまで妻はお茶など飲みながら待っています。で、私が起きてから朝食を作り、二人で食べる。夕食も同じように、私が作って二人で食べる、そんなことを毎日繰り返しています。

それから、深夜十一時過ぎに、これもほぼ毎日例外なく二人揃《そろ》って駅周辺の商店街を歩き回るという速歩の散歩をして、できれば一緒に風呂《ふろ》なども入り、それから別々に寝る、そういうことになっています。その間中、なにかしらお喋《しゃべ》りをしています。

私の着るものなどは、妻はまったくノータッチで、すべて私が自分で選んで買い、自分で好きなようにコーディネートして着ます。お互いにアドバイスを求められないかぎりは余計な口出しはしない、それが不文律のようになっています。

たとえば出張に出かけるときなども、私の荷物はいっさい自分で用意して、妻はこれに手を触れません。妻が出かけるときも同じように私は手を出さない。

こういうふうに互いに自由にして手出しせず、しかも協和的に暮らすというのはほんとに楽ちんで気持ちがよいもので、私に言わせれば、妻が夫の服装を整えたり、出張の荷物を用意したり、せっせと料理をして食わせたり、みな余計なお世話だと思える。そこですべてを自由にさせてくれる、私の妻のようなのを「世話を焼かナイジョの功」だと言って、皆さんにもお勧めをしているところです。

ここでまた、どうしても注意しておかなくてはいけないことは、自由に、と言ってもそれが気随《きずい》勝手で、不調和になってはいけないということです。それには、やはり「気持ちを言わなくては伝わらない」ということをよく肝に銘じておくことが大切だということなのです。

また親子の場合であっても、血縁がある、遺伝子を共有する、とは言っても、そこは別人であることに違いがないので、ここでもやはり「言わずとも分かってくれるだろう」なんてのは大間違いです。言わなくちゃ分かるはずがない。

よく、定年を迎えたら夫婦一緒の趣味を持つことは大切だなどとまことしやかにアドバイスする雑誌があります。私などは決してそうは思わない。たまたま趣味が一緒であればいいのかもしれないが、「どんな趣味にしようか」などと相談するのは本末転倒も甚だしい。なぜなら「趣味」とは、各自勝手に好きなことをするから、趣味なのです。

■家庭は「個人主義の学校」

父親も母親も子供も、それぞれ別々の意識と人間性を持った個人として家庭の中に存在しているということから万事は発想されなくてはいけません。

そうして、その個人個人が、お互いに自分の意見を率直に言えるような風通しのいい雰囲気を作ることが、「家庭を大事にする」ということの意味なのであって、それ以上でも以下でもない。ましてすべてを親の意見に統一するなんてことは、もういくらなんでもそういう時代ではありますまいし、いっぽうで、なんでも子供の言うとおりにしてやるというのも間違っている。

それぞれが、違う意見を出し合って、どこで妥協するかという一点を共同で見つけだす、とそうありたい。

そういう意味では、家庭には「個人主義の学校」のような役割もあると思います。

家庭は社会の出発点です。そこには利害の対立もあれば、意見の食い違いもある。

そこで自己実現を図ろうとするなら、当然、自分だけが良ければいいというわけにはいかない。ほかのメンバーの自己実現にも手を貸してあげなければいけないし、また、わがまま勝手なことは控えて、家庭内の調和を優先すべきこともある。

イギリスの思想家、ジェレミー・ベンサムは、民主主義とは何かということを、極めて簡潔な言葉でこう説きました。曰《いわ》く「最大多数の最大幸福ということが、政治の、正当にして適切な唯一《ゆいいつ》の目標である」と。

こういう考え方は今日の民主主義の根幹になっているもので、二百年近く経《た》った今でも、少しもその正当性は損なわれていないと思います。そうして、なにも政治などと大きなことを持ち出さなくとも、たとえば、家庭という小さな社会のなかでも、このことは依然として正しいテーゼであろうと私は思っています。

すなわち、個人を大切にして生きるというと、ややもすれば利己主義と混同されやすいのが、我が国の社会の一つの弊風《へいふう》であるとも思うのですが、自分一人だけがよくっても、そのせいで周囲のみんなが迷惑しているようでは、それは決して正しい意味での幸福とはいえません。

やはり、自分という個人を、こう実現したいと思ったら、その自分を人にも認めてもらわなくては意味がありません。絶海の孤島では個人を尊重するもへったくれもないもので、この多くの他人同士が、おしあいへしあいしている社会のなかで、しかも個人個人の生き方を認めていくために、それは、かならず「利己」の反対で「利他」という意識がなくてはかなわない。

「ああ、あの人の仕事のおかげで自分も利益を得た」、そう思えばそのおかげを被《こうむ》った人は相手を認めるに違いない。逆にどんなに自分が利益を得ても、そのために人が被害を被ったならば、被害者たちは彼をぜったいに認めないでしょう。そんなふうにして得た利得ははたして幸福をもたらすだろうか、と考えてみるといいのです。

自分の努力を認めてほしい、だから、あなたのためにもなるようにつとめましょう、また私の価値観を認めてほしい、だから、あなたの違う価値観も認めましょう、とそういうふうに互いに認め合ってこそ、自己実現は豊かなものになるので、そうでなかったら、ガリガリ亡者のせめぎ合う地獄のような社会になってしまいます。

こういう意味での「利他」と「利己」のあり方を学ぶことを、まず家庭から始めよう、そう私は提案するのです。すなわち、自分の願いを実現するためには、勝手な主張をするのでなくて、家族のほかの人の意見を聞いて、たがいに認め合うことから始めたい。

■「息の間」を持つ

その第一段階は、まずベッタリとした「もたれ合い」をやめることです。家族なんだから、という無条件の甘えと相互依存、そういうことは個人を尊重する主義にもっとも遠いものと言わなくてはなりません。そうではなくて、まず親子、夫婦、みなそれぞれ独立の個人が、家族という不思議の縁辺《えんぺん》によって結びあって暮らしているのだという自覚が必要です。となれば、たとえばいつも家族がいっしょにいるとか、家族だからプライバシーなんか無くていいんだとか、そういうもたれあった形はまずもって反省したい。

よく親が子供の日記を勝手に読んでしまうとか、あるいは子供あての手紙を無断で開封してしまうとか、夫婦間にもいっさいの「個人の秘密」を認めないとか、また最近ではひとの携帯電話を無断で盗み見るとか、そういうことがありましょう。あれはいけません。そういうことをしているから、家庭が窮屈なものになってしまうのです。ともあれ、家族といえども、お互いに適度な距離を取りながら暮らしたほうがいい。

そういう人と人が快適に暮らすための距離を、イギリス人は「breathing space」といいますが、なかなか言い得て妙な表現だと思います。要するに、家族であれ友達であれ、みなこの「息の間」を保って暮らすことが、なかよく暮らす秘訣《ひけつ》だと思うのです。私たち夫婦が現在、必要にして十分な「息の間」を保って暮らしていることは、すでに書いたとおりです。

そもそも親と子供では、起きてからすることが全然違うわけですから、きっと朝起きる時間も夜寝る時間も違っていて当たり前です。そうなると、つねに家族が同じ食卓を囲んで同じものを食べるというわけにもいかない。

私の家でも、じつはそんなことで、子供たちは朝から学校に出かけるけれど、私は夜明けまで仕事をしている、それが当たり前の生活でしたから、そもそも時間が合いません。しかし、その分、一日のどこかで顔を合わせることができるように、子供が小さいときは努めたものでした。

やがて子供が大きくなると、それぞれの生活があって、とても親の都合になどあわせることはできなくなります。

でも、それでいいのではありませんか。

私には私の、彼らには彼らの、個々の都合というものがあります。だから、もしお互いに都合がつけば一緒に食べようか、というぐらいの感覚ですが、でも家族がバラバラになってしまうということはありませんでした。

要は、そういう別々個々の自己をそれぞれが認めるかどうかです。そうして、互いに認めあうことによって、かえって家族の紐帯《ちゅうたい》は強まるとさえ私は思います。家にいても、親からああしろこうしろと強制をされない、自由な空気がある、そのことによって、家族はかえって家にいるのが好きになると私は思っています。

私は、子供たちに、いつも「好きなことをやれ」と教えてきました。これは、私自身が私の両親から受けた教育をそのまま応用したのでした。

この結果、彼らはそれぞれ自分の好きなことを見つけて、自由自在に行動していますが、でも、息子も娘も家にいるのが好きです。親とのあいだに適当な breathing space があって風通しがいいので、居心地がいいのでしょう。そういうものなのです。もっとも、今では二人とも結婚して、それぞれに家庭を作りましたが、やっぱりその家庭にいるのが好きというのは変らないようです。

反対に、親があれこれと規範を設けて、子供に強制する、そういうことをしていると、子供は窮屈な思いに閉口して、親子のあいだにぎくしゃくした憎しみが生まれたり、親に隠れてなにか悪いことをしたり、あるいはさっさと家を出ていってしまったり、とかいうことになりかねません。

決して「一心同体」ではなく、各人が独自の世界をちゃんと持っている、けれども、お互いを尊重して気持ちよく暮らせる家庭、それが私たちの目指すべき新しい家庭の姿であろうと私は信じます。

第二条「人並みの生活」を捨てよう

ところで、家庭は「自分を発見する場」であると同時に、「自分を磨く場」でもあります。

そこはスキルアップ、キャリアアップのための勉強をする場所でもあるわけですが、ここで「自分を磨く」と言っているのは、単純にそういう意味だけではありません。「能力」だけでなく、ライフスタイルにおける「自分らしさ」を工夫し磨き上げるためにも、家庭での日常を有効に使ってほしいと思うのです。

本来が、団体全体としての調和と同質性を重んじてきた日本では、会社や学校など外の世界で「自己」を前面に押し出すのは事実上難しい面があることは否《いな》めません。私などもそういう社会と独自の自分との軋轢《あつれき》に、若いころから、どれほど苦しんできたかわかりません。

だからこそ思うのですが、「家庭」は、その職能として本来どんなことでも許し受け入れていくということがあります。外で失敗したって、家庭に帰れば、そこで許され、リセットされて、また次の挑戦に向かっていける。それが家庭のもっとも良いところなのです。

そこで家庭のなかでならば、誰に気兼ねすることもなく、他人とは違う自分らしい生活を送ることができます。

逆に言うと、家庭で自己を解放し、以《もっ》て自分らしい生活を構築することができないようでは、仕事や学校などの外界で旺盛《おうせい》に自己実現を図ることは、頗《すこぶ》る難しいことだと私は感じます。

少なくとも、いつもどこかとんがって他者とぶつかりがちであった私の青少年時代を振り返ったとき、そこにいつも帰る家があって、受け入れてくれる親がいて、そして一日の心の傷をリセットして、また新しく翌日を迎える、そんなことが私をして独自の自己を磨かしめるに必要な時空であったと思うのです。

ここに、家庭の持つもう一つの大事な役割があります。

これまで日本では、仕事の上で「自分」を抑えることを求められていたのと同時に、生活の面でも画一化が進んできました。

たとえば高度成長期には、隣の家が冷蔵庫を買えば自分も冷蔵庫を、隣がカラーテレビを買えば自分もカラーテレビを……という具合に、みんなが競い合うようにして同じモノを次々と手に入れていたものです。

貧しいときは誰しも「人並みの生活」に憧《あこが》れるものだとは言え、そこには「他人と違うこと」に意味を見出《みいだ》そうとする発想がほとんどありませんでした。

そうして、経済的な豊かさが増すにしたがって、どこの家にも同じような家電製品やインテリアが並び、みんなが同じようなライフスタイルを身につけるようになって、日本は、いわゆる「総中流化」してきたのでした。

そして、この傾向は世界有数の経済大国となって以降も、基本的にはそれほど変わっていないように私には見える。

その象徴が、バブル期以降顕著になってきたブランド信仰です。

すでに多くの人が「人並みの生活」を享受《きょうじゅ》できるようになっても、相変わらず競い合うようにして同じロゴの入った品物を買い漁《あさ》っている状況がありますね。銀座に建ち並ぶブランド・ショップを見ても一目瞭然です。本人たちはそれで「ひと味違う自分」を演出しているつもりかもしれませんが、ごく冷静な目で見れば、結局どの人も「みんなと同じ」にしか見えません。

自分らしいお金の使い方を知らない人々がお金を持つと、こういう悲しくも貧しい風景が出来上がってくる。

その代表格が、何十億円も出してゴッホの絵なんぞを購入するようなお金持ちで、彼らは「自分」の目で作品の良し悪《あ》しを見極めようともせず、単なるブランドとして名画を買い漁っているように見えます。

芸術として楽しもうというよりは、一種のステータスシンボルのようなものでしょうか。言ってみれば、巨額のブランド欲なんでしょうね。

この手のニュースというのは、飛び交う金額が大きくなればなるほど、貧乏臭く感じられるものです。買い物も一つの自己実現ですから、そこに「自分」あるいは「内発的主体」がなければ、いかに多くのお金を注ぎ込んでも、それが人間としての心の豊かさを象徴しない。もし本当に芸術の「わかる」人だったら、その分、自分の目と心でよく見て、無名の若いアーティストの作品をたくさんに買い上げるなどして、パトロン的な働きをするかもしれない。いや、そうあってほしいと思うのです。

しかし、今はこの不景気です。かつてのように、お金を使うこと自体を楽しんでいるようなバカげた買い物はできなくなりました。これ、良いことだと思いますね。不景気にも三文の徳とでも申しましょうか。

いや、こんな時代にこそ、各人の心のありようによって、その人その人の鼎《かなえ》の軽《けい》重《ちょう》が問われるということなのです。

多額の散財でおのれを表現するのでなくて、お金をかけずに暮らす方法を自分で工夫し、むしろそっちのほうで自分のアイデンティティを発揮しなければならなくなりました。実にめでたいことです。

そして、こういう質的な面でのアイデンティティの発揮となると、それぞれの人が持っている個性や叡《えい》知《ち》がものをいうようになる。金の使い方に教養というか素養というか、広い意味での人柄が問われてくる。

これはいわゆる成金趣味とは正反対のベクトルにあるもので、昨日今日金を手にした人には到底及び難い世界です。

そうなれば、これは子供の頃からの蓄積がものをいうに決まっています。家庭が大事だというのは、ここなのです。家庭がどうであるかによって、人としての磨かれかたが決まってくるということです。ゆめゆめ、家庭を軽んじてはなりません。

第三条　霜降り肉を疑え

それでは、お金をかけずに生活の質を高めるにはどうしたらいいのでしょうか。

お金をかけなくても自分らしい暮らしはできるはずだと私は思うのですが、ただ倹約に努めているだけでは、あまりにつまらない。いかに勤倹貯蓄といっても、やりたいことを我慢ばかりしていたのでは精神衛生上もよろしからず、しかもそれでは結局自分らしく生きることもむずかしいことになる。

そこで生活を自分らしく楽しむためには、お金を使わない分、創意工夫をしなくちゃいけない。自分なりの「知恵」を傾けて生活をクリエイトしていきたいのです。それが、この低成長の時代を豊かに生きられるかどうかの分水嶺《ぶんすいれい》なのです。

たとえば、以前テレビで紹介されていたのですが、ある回転寿司《ずし》店では「0円皿」なるものを出しているそうです。

文字どおり無料のお皿で、これが有料のお皿に混じってときどき回ってくる。何が載っているかといえば、ジャガイモの皮や魚のアラなど、普通は使わずに捨ててしまう材料を利用した「一工夫料理」です。カレー粉や塩で味つけした揚げ物などあって、なかなか美味《おい》しそうでした。私はこれを見て、世の中には知恵のある人がいるものだなあと、思わず横手を打ちました。

今の時代にドンピシャリとマッチしたやり方ですね、これは。お金を使わなくても、知恵を使えば生活のクオリティを高められるという見本がここにある。

しかも、その知恵をば、ほかの店にはない独自のサービスとして形にして、お客さんたちにも喜んで貰《もら》えるのですから、結果的に売り上げの向上にも資することになる。

誰が料理したって美味しくなる高級食材を、ありきたりのスタイルで供するレストランより、こちらのほうがよほど豊かなメニューだと私は思います。

食べ物というのは、値段が高ければおいしいかというと、必ずしもそうではありません。

たとえばステーキ用の牛肉にしても、「やっぱり和牛の霜降りが一番」などと言って、わざわざデパートの地下で一〇〇グラム二〇〇〇円も出して買ってくる人がいますが、私にはそれが理解できない。

脂肪ばかり多い霜降り肉なんてのはクドいばかりで、牛肉本来の味がしないからです。若い人は別にして、脂《あぶら》が胃に堪《こた》えるような年齢の人ならばなおさらです。

何年か西欧の天地で暮らしてきて、むこうの肉を食べ慣れた舌は、牛肉や羊肉のほんとうの旨《うま》さを知っています。それは決して霜降りではなくて、赤身の、あっさりとしたなかに、ふっくらとした風味が含まっている旨さです。

たとえば、イタリアで牛肉を食べたときは、どこでどんな安い肉をたべても、実においしいと思いました。それはいくらか色の浅い奇麗な赤肉でしたが、不思議に味は濃いのでした。イタリアばかりでなく、イギリスの羊肉も、安いけれど天下一品においしいものです。

だから日本でも、ステーキとしては、あえてオーストラリアやアメリカの牛肉を食べたい。

ステーキらしいステーキ、牛肉らしい牛肉の味は、そういうものなんです。和牛の霜降りというのは、すき焼きとかシャブシャブなどの和食としての牛肉にのみ適切な食材で、ステーキ用にそういうのを使うと、どうもくどくて飽きが来ます。そのけじめ、味の感じ分けが分からないと、ほんとうに食味がわかっているとは言えません。

ただただ高級食材としての霜降り和牛ばかりを有り難がる人というのは、いわば、肉そのものを自分の舌で味わっているのではなく、「和牛の霜降りは高級だ」という「情報」を「頭で」味わっているのであります。すなわちこれは、TPOもわきまえずに、ただ値段が高いからというので、シャネルだヴィトンだとブランドのバッグを持ち歩いて喜んでいる人と、抽象すれば同じことです。

やはり、ほんとは、まず自分の感覚や知識を錬磨して、どこまでも自分の生きた感覚や嗜好《しこう》で、主体的に物々を選び取っていきたい。それが、自分を大切にする生き方であると同時に、こうした時代にマッチした賢い生活のありようだということなのです。

第四条　野菜の皮を剝《む》かない

私の家では、毎日の食事は朝昼晩とも原則的に私が料理しますが、この際、いかにお金をかけず、無駄を出さず、かつゴミを出さずにおいしい料理を作るかを考えるのが、日々の知恵の絞りどころになっています。

とくにここ数年は、「丸ごと食べてしまう」という研究を自宅の台所でやっています。

つまり、食材を「食べる部分」と「捨てる部分」に分けるのではなく、全部食べること。極限まで廃棄率を減らすという知恵、すなわち、まさに「０円皿」に載っている料理と同じ発想です。

たとえば、大根の皮。普通は剝いてから料理することが原則になっていますが、考えてみると、どうして皮を剝いて食べなければいけないのか。土の中にあったのだから汚れているだろうということなのでしょうけれど、今の野菜は昔に比べればはるかに清浄な環境で育てられています。肥やしとして汚穢《おわい》をかけられていた昔の野菜ほど不衛生ではありません。

だから私は、水を流しながらタワシで表面をよく洗ってから、皮ごと料理してしまいます。それだけでは心配だという人は、大根に割り箸《ばし》でも刺して直火《じかび》でぐるっと焼けば、表面の細菌は消毒できるでしょう。それで何の問題もありません。大根おろしにするときも、皮ごとおろしてしまいます。そのほうが寧《むし》ろ、いくらか甘味も増し、たぶん栄養的にも望ましいのではなかろうかと想像しているところです。

また、ジャガイモでも、芽はさすがに有毒なので抉《えぐ》って捨てますが、皮は、これもたいてい剝かずに料理し、剝いた場合でもその皮は皮で、さっと揚げて軽く塩を振るだけで、なかなかおいしく食べられる。

人参《にんじん》やゴボウなどの根菜類もまず皮は剝きません。

そもそも原則的には、野菜は加熱して食べることにしていて、生野菜のサラダなどはほとんど食べません。生で食べるとたくさん食べることができないからです。レタスでもチコリでも、ほんとに軽く、さっと熱湯を潜《くぐ》らせてから食べると、そのほうが美味しくもあります。

さらに私は、野菜だけでなく、果物もなるべく皮を剝かずに食べます。さすがにバナナやパイナップルは剝かざるを得ませんが、たとえば桃や杏子《あんず》のたぐいは皮ごと食べてしまう。これはイギリスではごく当たり前なことで、日本人は少し神経質に皮を剝きすぎる。農薬が心配という人もありましょうけれど、思うに桃やブドウなどは袋をかけて栽培するので、それほど農薬が付いているとも思えません。むしろそれならサクランボなんかのほうが農薬が残存していて危険だと思うのですが、サクランボを皮剝いて食べる人はまずいませんね。

だから、桃なんかを剝くってのは、そもそもあんまり意味がない。それどころか、ああいう桃や杏子のたぐいは、皮に近いところほど甘味があって旨いので、皮を剝いて食べるときに、いっしょに美味しいところも捨ててしまう結果になるし、また皮を剝くためにいじくり回しているのは、衛生上もいかがかと思われ、だいいちなまぬるくなってしまって味も悪くなる。

ここが食べることの知恵なんです。惰性で、考えずに食べていてはいけません。

私などはブドウも皮ごと食べますし、果物ではありませんが空豆も皮ごと食べる。

塩ゆでにした空豆の皮の、あのおいしさを知らずに皮を食べずに出している人を見ると、気の毒で仕方がありません。

いや、それどころか、空豆はあの外側の巨大な莢《さや》だって、季節的に出始めのころの、まだ若い時分には、天麩羅《てんぷら》などの形にすると、ホロホロと大変においしく柔らかく食べられるものがあるということを御存じでしょうか。

これを私は、知友の料理人に教えられて、半信半疑でやってみましたが、ほんとに、びっくりするほどおいしいものでした。

こうして野菜や果物を皮ごと食べているとゴミが減りますし、剝く手間もいらない。しかも果物は甘くて美味しいし、野菜も食物繊維は皮の部分には豊富ですから健康にもいい。良いことばかりです。

知恵を使わずに、惰性で料理をしていてはいけません。中には、大根などの皮を剝くだけでなく、ご丁寧に面取りまでしている人もいます。あるいは、モヤシの根などをいちいち取って料理する人もいる。私には、いずれも無用なことに思えます。

きれいに仕上がるのはわかりますが、家庭は料亭ではないのですから、そんな必要がどこにあるでしょうか。

おそらく料理学校か料理番組で教わったとおりにやっているのだと思いますが、自分でその意味を考えずに調理するのは知的な料理とは言えません。

家庭料理は、単純簡素、質実剛健、内容本位でありたい。

■料理は頭を使う知的な行為

野菜や果物だけでなく、私の家では、多くの魚も丸ごと食べます。

たとえば、イワシでもサンマでもアジでも、そのまま焼いて食べておいしいのは当然ですが、また圧力鍋を使って骨まで柔らかく煮て食べるというのも一知恵です。

それも、生姜《しょうが》やら梅干しなんかを合わせて煮ることで、生臭さを去り、一層の風味を引きだす。これまたおいしいだけでなくて、カルシウムなどの栄養を豊富にとることができます。なおかつ、骨を喉《のど》に刺す恐れもなく、ゴミは皆無となり、三つも四つも徳があります。

また、世間には鶏肉《とりにく》の皮を取って捨ててしまう人もいるようですが、あんなに美味しいものを捨ててしまうのは、いかにももったいない。

鶏の皮が余ったときはフライパンでジクジクと炒《いた》めて、出てきた脂を瓶に入れておきます。しばらくするとラードのように固まるので、それを使って野菜炒めやチャーハンを作る。豚のラードよりも軽くて実においしく仕上がりますから、一度お試しください。

さらに、脂を抜いたあとの皮は細かく刻み、カツオ節と酒、みりん、醤油《しょうゆ》などで上品に味付けしたおつゆに入れて、やわらかくなるまでグツグツ煮込む。脂はなくてもゼラチンが残っているので、冷蔵庫で冷やしてやると煮こごりができます。これがまた、実に旨い。

夜中に台所でそんなことをやっていると、「忙しいのによくやるわね」と、妻は呆《あき》れ半分感心半分ですが、こういう研究は楽しくてやめられません。

要するに、料理というのは頭を使えば使うほど面白くなるし、ためにもなる知的な行為だということです。

なるべく食費を安く上げたいのであれば、一円でも安いスーパーを血眼になって探すよりは、頭を使って無駄を出さない工夫をしたほうが楽しいし合理的です。それに、自分を鍛えることにもなる。

いっぽう、これはとくに男に顕著な傾向なのですが、「料理が好き」と言う人にかぎって、自分で工夫することよりも、食材そのものにこだわることが多い。「やっぱりタコは明石《あかし》だよな」とか「タマネギは淡路島にかぎる」などというふうな、あれです。ま、テレビの悪影響も多分にありますが、私に言わせれば、これは単なる「ブランド好き」であって「料理好き」ではありません。

自分の知恵と腕で勝負するのが、料理の醍醐味《だいごみ》。味だって、淡路島のタマネギを下手クソに料理するより、そのへんのスーパーで当たり前に売っている茨城《いばらき》かどこかのタマネギを上手に料理したほうが、美味しいに決まっています。

料理によって、たとえばタマネギやレンコンなどは縦方向に切るか、横方向に切るか、それだけで風味はうんと違ってきます。あるいは、薄く切るか厚く切るか、さっと水に晒《さら》すか、塩で揉《も》んでから晒すか、などなど、素材をどう生かすかというところが、実は非常に大切であって、それを知らない人に料理されたのでは、せっかくの上等素材もきっと泣くことでありましょう。

お金を出せば手に入る贅沢《ぜいたく》を求めるのではなく、そういう独自の知恵と知識と工夫による合理的な喜びを求めるのが「自分らしい生活」ということの基本なのです。

第五条　ファッションは何を着るかではない

「知恵を使う」のは料理にかぎった話ではありません。たとえば洋服ひとつ買うにしても、知恵を使えば贅沢をしなくても自分らしく楽しむことができるでしょう。

私自身、昔からファッションにお金をかけるのが嫌いで、高級ブランドの洋服はまず買いません。それこそユニクロやイトーヨーカドーで売っているような、安くて着心地の良い洋服で十分だと思っています。

しかし、だからといって私がファッションに無頓着《むとんちゃく》だというわけではありません。貧乏臭い格好をするのは厭《いや》ですし、できればオシャレな人間に見られたいとも思います。

そうなると料理と同じで、お金に代わる「知恵」が必要になる。安い洋服でも、着こなしやコーディネートを工夫することで、それなりにファッショナブルに見せることはいくらでもできる。

反対に、どうにもこうにも色や形、全体のコーディネーションのセンスの無い人が、イタリア物のコテコテしたデザインのブランド・タイなんか締めていて、それがまたちっとも似合っていなかったりすると、なんだか寒々とした気持ちがしてきます。その物が、法外に高価なものだと知れば知るほど、その人の心根が貧しく見えてくるとでもいいましょうか。

ただ流行に乗ってブランド物を選び、その価値を主体的に選びとっているのでない人は、どんなに高価な服を着ていても貧相に見える。洋服を着ているのではなく、洋服に「着られている」から、少しも自分らしさが出てこないのです。ファッションでもやはり大切なことは、自分らしさなのだと思います。決して、何のブランドを着ているかではないのです。

事実、脱いだジャケットの裏地に有名ブランドのタグを見つけて、「こんな高い服を着てたのか。そうは見えなかった……」と内心でビックリするようなことも少なくありません。テレビ風に言えば「こだわりの」食材を、下手に料理して台無しにするのと同じで、これはお金の無駄遣いというものです。

また、合理的なお金の使い方ということで言うならば、リサイクルのような考え方も大いに取り入れたらいいのです。私はこれも大好きで、たとえば車やピアノのような値の張るものは、たいがい中古品を探します。

ただし、これも新品を買うのとは違って、こちらの知恵やセンスが問われます。安いからといって中途半端《はんぱ》なものを買うと、すぐに壊れて「安物買いの銭失い」になりかねません。中古品のほうが、買う人の知識や眼力が試されるわけです。

しかしながら、いっぽうで、自動車など、新品はどんな個体が配車されて来るかは全くメーカー任せで、自分では選ぶことができませんが、中古車だったら、よりたくさんある選択肢のなかから、もっとも自分にあったもの、良いものを選ぶことができる。これは中古品のほうが新品よりも勝るというポイントです。

たとえば私は数年前から、ベンツのCクラスという車に乗っています。

「なんだ、そうは言ってもブランド品も買うんじゃないか」と思われるかもしれませんが、いや、ともかくまあ、聞いてください。

そもそも私はベンツというブランドが好きではなかった。どうもなんだかオヤジ臭いというか、成金趣味で踏んぞりかえって乗ってる、みたいな偏見があったわけです。だから、ながらくそれを買おうとも思わずにきたのですが、あるとき、私はひどい交通事故に巻き込まれて、とんだむち打ち症になってしまったことがある。そのとき、つくづくと「できるだけ安全な車に乗ったほうがいいなあ」と思うようになりました。自動車好きやオーナーなどいろいろな人に聞いたり、調べたりすると、やはりドイツ車、ことにメルセデスの安全性ほど信頼に値するものはないと知りました。

そして、いざ、じっさいに買って乗ってみると、果たして、車として本当によく出来ている。ああ、これは乗らず嫌いをしていたのはとんだ不見識であったと得心しました。

ただしベンツを買うといっても、お金はなるべく使いたくない。私は自動車に投入する金額は、自分の年収から割り出せば、まあ三〇〇万円以下、というふうに決めています。その範囲から逸脱する車は、国産であれ輸入車であれはじめから考慮の範囲には入らない。

そこで、いろいろと調べているうちに、中古車ならCクラスで三〇〇万以下の車があることを見出《みいだ》しました。

最初に購入したのは、ただの七〇〇〇キロしか走ってない、そして年式も新車下ろし八カ月程度の、真新しい中古車でした。新車だと定価は四〇〇万円近くしますが、たった七〇〇〇キロ走っただけの中古は二八四万円。一〇〇万円以上も安い。これなら国産車を買うのとちっとも変わりがありません。

しかも、正規ディーラーと保守契約を結べば新車同様のメンテナンスが受けられるのですから、どう考えてもこれは中古のほうが得です。

で、それを買って愛用していたわけですが、一〇万キロ走ったところでお役御免。当時はまだ絶好調でしたが、たまたまCクラスは新型に移行したばかりで、旧型の最終型で新車同様の程度のよい中古車が豊富に出回っていました。

これは、その最終型に乗換えるチャンスだと思って、そこでまた「いい中古車はないか」と探していると、走行距離八〇〇〇キロのディーラー試乗車上がりが見つかりました。前と同じ車種で、値段を聞いたら、また二八九万円だと言います。迷わずそれに買い換えたわけですが、そこがベンツの底力というやつで、一〇万キロも走った車の下取り価格が六五万円。つまり私は、差し引き二〇〇万円ちょっとでまた新車同様のベンツに乗換えることができました。

その値段では、国産の新車でも、さほどグレードの高い車は買えませんから、我ながら、賢い買い物をしたと思っています。

第六条　自分でよく調べるべし

ただし、これは決して、運良く「程度のいい出物に巡り会った」ということではありません。無駄なお金を使わずに賢い買い物をするためには、それなりの努力が必要です。それも、日ごろの努力、というものがものをいうのです。そうやって「目」を養う暇をみて、事のついでに、私はいつでも中古車を見て回る。そうやって「目」を養っているんです。

買い換えの必要に迫られていないときでも、私は通りがかりに中古車センターがあれば、黙って通り過ぎることをしません。時間の許すかぎり、中に入っていろいろな車を見ておくのです。そうやって日頃から相場観を養い、物を見る眼力を鍛えているから、コストパフォーマンスの良い「これぞ」という中古車を見つけたときに、迷わず手を打つことができるわけです。

ピアノを買ったときもそうでした。

いまから十数年前に声楽を始めたときに、練習用にどうしてもピアノが必要になりました。最初はアップライトでとも思っていたけれど、音楽家の知人たちが、どうせ買うならアップライトよりもグランドのほうがいい、それはベンツと軽自動車ほども違うんですよ、とアドバイスしてくれました。

やはり本格的に音楽をやる以上は、それじゃあ、グランドピアノを買おう、と私は思い定めました。

とはいえ、自分の経済規模からして、ピアノに二〇〇万円も三〇〇万円も注ぎ込むのはバランスが悪い。せいぜい一〇〇万円までの出費に抑えるのが、妥当な金銭感覚であるに違いないと、私はそう思ったのでした。

それなら中古品を探そう、それが私の判断でした。

ピアノという楽器は、自動車以上に出来不出来の個体差があります。同じ金額を出すなら、なるべく良い音で鳴る楽器を探したい。そこで私は友人のピアニストにもつきあってもらって、あちこちで中古のピアノを見て（弾いて、聴いて）歩きました。

ずいぶん時間と体力を使いましたが、そのお陰で、予算を下回る八五万円のグランドピアノが見つかった。

一九七〇年頃に作られたヤマハですが、これを売ってくれた楽器商の御主人が、「この楽器は良い音のする逸品ですよ」と太鼓判を押してくれたものです。

その後、何人ものピアニストが私のそのピアノを弾いて、「この楽器はいい音がしますねえ」とよろこんでくれました。それがたったの八五万円。アップライト並みの金額で手に入ったのです。

熱心に探し求める、妥協せずに選ぶ、そして良いものを見分ける力を持つ、そういう知恵と努力が、結局こういう良いものを安く手に入れる秘訣《ひけつ》だと、そう言えるわけですね。

そんな次第ですから、合理的に、安くて良い物を買おうと思ったら、日頃からマメなリサーチを心掛けなければいけません。それも、雑誌やインターネットなどのメディアで最新情報を追いかけるのではなく、自分の足と目を使って実物を見て、触れて、研究する。そういう工夫と努力に基づいた買い物が、賢い買い物というもので、多額の金を投じて世界的ブランドを買えばいいというものでは決してありません。

たとえばまた、外食をするにしても、テレビや雑誌のグルメ情報を見れば、評判のいい店や一流レストランを探すのは簡単なことです。けれども、雑誌社の人たちは自腹を切ってものを食べるわけではありませんね。だから、どんなに高いディナーでも、痛くもかゆくもない。そういう立場でものを食べるというのは、その食事が果してリーズナブルなものかどうか、というセンスを欠いた評価になりがちです。

私は、ふだんからリーズナブルな料金でおいしいものを食べさせてくれる店が、ほんとうに良い店だという信念を持っています。たかが一度の食事に、一人前三万も五万も払うなんてのは、いやなこったと思っています。それは私の懐《ふところ》にとって、決してリーズナブルではないのです。気持ちが良くないのです。

じっさいには、雑誌などに出てくるような、カッコ良くて高い店ばかりでなくて、それこそマメに探せば、今は安くて素晴らしい料理を出す店がいくらでもあります。そういう店を、自ら探す努力、それが一番大切です。

今、四十代を読者ターゲットとしている男性誌の売れ行きが良いそうですが、ああした雑誌に載っている「隠れ家《が》的なレストラン」ほどばからしいものはない。値段がとんでもなく高く、まったくもってリーズナブルではない。雑誌に載っているからいい店だろうなんて、それは安易すぎる考え方というものです。

「自分自身にとっての名店」と出会うのは、一朝一夕にはむずかしい。

けれども、むずかしいからこそ、そういう店を見つけること自体が、暮らしの中の喜びでもあるのです。

第七条　身の程を知れ

お金を使うときは「身の程を知ること」あるいは「身の丈にあった使い方」が大切だと私は思っています。それも「自分らしさ」の一部なのです。

見栄《みえ》を張って分不相応な買い物をする人は、あまり上品には見えません。お金の使い方にインテリジェンスが感じられないのです。たとえ見栄を張っているわけではなく、本当にそれが好きで買っているのだとしても、無理をして買っちゃいけない。「自分にとってどのくらいの出費が、その品物に対しては妥当なのか」をいつもわきまえて逸脱しない人、それがインテリジェンスある買い物をする人だということです。

たとえばベンツが好きだからといって、中古でも八〇〇万円も一〇〇〇万もするSクラスなんて高級車を私は買おうとは思いません。たかが自動車に対して、そんなにお金を使うものではない。いや、年収が何億もあって、お金なんか捨てたいほど持っているという人だったら、ほんの小遣い銭で、ロールスロイスを買ったって不都合ではありますまい。

しかし、私は自分の分というものをわきまえています。私が車に投入していいのは、せいぜいがんばっても三〇〇万円までだと思っています。それを逸脱するような高級車を買っては、思うように乗り回せない感じがします。買って乗らずにただもう飾っとくだけでは、車の価値がありません。

という具合に、何にどれぐらいのお金を使うのが「程よい」のかは、人それぞれです。収入によって、あるいは人生観によって、何に幾らくらい使っていいか、という線が決まります。

その「程のよさ」を知る平衡感覚を、「センス・オブ・プロポーション」といいます。「比率感覚」とでも訳したらいいでしょうか。自分をしっかり見つめて、その自分に等身大の比率を割り出す。そしてそれを厳密に守って外さない。

それがためには、まず自分自身をしっかり見つめることです。それもごくごく客観的に、自分という存在と対峙《たいじ》するのでなくては、このセンスは決して磨かれません。

そしてこのセンスが十全に備わった人、それこそが一人前の「おとな」なのではありますまいか。

とくに気をつけなければいけないのは趣味の世界での出費です。実用品ではそんなにベラボウな買い物をしない人でも、趣味となると見境がつかなくなってしまうことがあります。たとえば骨董品《こっとうひん》に入れ上げてしまうと、月給五〇万円の人が、湯呑《ゆの》み茶碗《ちゃわん》一つ、皿一枚に平気で三〇万円も使ったりする。いくら焼き物が好きでも、こういうのは趣味人として正しくありません。

仮に、百歩譲って、その茶碗にそれだけの価値があったとしても、人には使っていいお金と使ってはいけないお金があります。

お金が蔵にうなっている大金持ちなら、三〇〇万だろうが四〇〇万だろうが、そんなのは端金《はしたがね》にすぎませんから、茶碗一つに使ってもよろしい。でも、月給五〇万円のサラリーマンが、これに三〇万円も使ってはいけない。そういうのは古い言葉で「玩《がん》物喪志《ぶつそうし》」と申します。物に目がくらんで、大切な志を見失ってしまう、そんな意味です。この意味で抑制が効いているかどうかが、インテリジェンスのある買い物ができるかどうかのポイントなのです。

バブル時代の日本人が浅ましく見えたのは、大半の人がこのセンス・オブ・プロポーションを見失っていたからです。要は「成金趣味」というやつで、多くの人たちが身の程もわきまえず、あられもないお金の使い方をしていた。昨日今日成り上がりの「青年実業家」が、スーパーカーを乗り回す、年端《としは》も行かないOLが一〇〇万もするハンドバッグを買って得意になっている、たかがクリスマス一夜のために何十万円も使ってホテルに泊まるカップル、もろもろの「悲しく寒々しい」お金の使い方が、あのころにはまかり通っていたものでした。

しかし、現在のように低調な時代になると、放っておいても金遣いに抑制が効くようになる。

ようやく成金趣味を捨てて、「身の丈に合った」お金の使い方を考えられる時代になったという意味で、これはたいへん良いことだと思います。

第八条　「清貧」ではなく「清富」であれ

誤解してほしくないのですが、私は「不況の時代は勤倹節約に努めなさい」と言っているわけでは決してありません。身の程を知るのは大切ですが、ひたすらケチに徹して暮らしていたのでは楽しくない。私自身、実は買い物が大好きですから分かるのですが、買い物というのはそれ自体が生活における楽しみであり、潤《うるお》いであり、心の慰安でもあります。だから、生活費をただ安く切り詰めればそれでいいということではない。その気になれば、今は身の回りの物を大方一〇〇円ショップで間に合わせることもできなくはない。けれども、いくら何でもそれでは悲しすぎます。程をわきまえた上で、自分が本当に必要としている物、欲しい物を、無駄を出さないように賢く買う。それが賢い買い物の要諦《ようてい》であろうということです。

さて、大量生産・大量消費の経済が社会にさまざまな弊害をもたらすようになると、いわば「貧乏志向」のような考え方が頭をもたげてくることもあります。実際、一時は「清貧」という言葉が持て囃《はや》されたこともありました。

身の回りから物質的な豊かさを極力排除して、粗食粗衣に甘んじ、遊ぶこともせず、しかし心だけは清らかに暮らす——というようなイメージでしょうか。

物質文明が行き着くところまで来ているように見える現代、その反動として、こうした思想が魅力的に見えるのも、わからなくはありません。

しかし、慎《つつ》ましさもことと場合による。これまでの贅沢《ぜいたく》を反省するのは悪いことではありませんが、なにも「身の丈」を下回る生活を自らに強いることはないだろうに、と私は思います。

そういうストイックな生活、いわば隠遁《いんとん》的生活というものは、実際になれば、やはり退屈ですし、よほどの変人を除いて、普通の人では長続きするわけがありません。ですから、私は、敢《あ》えて「清貧」ではなく「清富」でありたいのです。

人間にとって、「富」は決して忌《い》み嫌うべきものではありません。ふつうに考えれば、「貧」こそ避けたいものです。ところが高度成長期からバブル期にかけての日本社会は、せっかく「貧」から脱したにもかかわらず、「富」のあり方に問題があった。すなわち、バブル的な「贅沢・無駄」は、私から見ると、きわめていかがわしい「富」のあり方でした。それは「富」自体には罪はなく、もっぱらその持ち主の心のありようの罪でした。

したがって、そこを反省するとするなら、「富」から「貧」に戻るというのは間違いです。富を持つ者が、その心の汚《けが》れを取り除いて、清らかな「富」のあり方を目指すべきだろうと私は思います。

では「清富」とは、具体的には何でしょうか。

私の意見は、今までのように経済的・物質的な豊かさだけを追い求めるのではなく、「自分という人間そのものを豊かに富ませようとする姿勢」のことだ、ということです。言い換えれば、有益で自分らしい生き方のために、足を地に着けてお金を使うということです。

じっと清貧に甘んじているだけの毎日では、あるいは心はいくらか安らぐかもしれませんが、よくよく考えてみれば、それでは自分を磨くことができない。時間と富の、自己への投資なくして、いかなる進歩もありえない。それが現実というものです。

そういう目的意識を欠いて、ただに閑居しているようでは、むしろ「清貧」ならぬ「ジリ貧」になりかねない。

より充実した「明日の自分」のために、時には積極的に富と時間を自己投資していくのが、ここにいう「清富」の生き方なのだと思ってみたらどうでしょうか。

第九条　自己投資にはお金を惜しむな

自分自身のことを申せば、自分を磨くのに必要な物に関しては、私は投資を惜しみません。

一着の洋服に一〇万円二〇万円も使う気にはまったくなりませんが、たとえば座右に備えて学ぶべき声楽のＣＤシリーズが発売されたら、一〇万円でも躊躇《ちゅうちょ》なく買う。あるいは古書については、相当値がさの稀覯本《きこうぼん》でも、必要なものが店頭に出たら直ちに買います。

そりゃ今は相応にお金を持ってるから、そんなことを言うんだろうと思う人があるかもしれませんね。でも、決してそんなことはないのです。

また、これは先ほど言ったセンス・オブ・プロポーションとは矛盾しないのです。なぜなら、こうした出費は「自分」に投資するための出費ですから。自己を磨くためなら、少々無理をしてでもかまわないと私は思っています。

たしかに若い頃よりは今のほうがお金に余裕がありますが、それこそ雀《すずめ》の涙のような給料しか貰《もら》えなかった非常勤講師時代だって、私は学問に必要な本を山ほど買っていました。それは、お金があるから買う、ないから買わない、という種類のものではないのです。自分のために必要だと思えば、お金がなくても、まずは買う。そしてそれからお金のことは考えたものでした。

幸い、これはいまでもそういう本屋さんはあると思うのですが、当時は、「ツケで本を買う」ということが出来たものでした。いつも馴染《なじ》みの本屋さんに行くと、信用して本を持たせてくれました。

「どうぞ、お持ち下さい、お代はご都合の良いときで結構ですから」

そんなことを言ってくれた親切な本屋さんが、神田にも本郷にもあったものです。

あるいはまた、店頭で本を見繕って、

「これ、送っておいてください」

と頼むと、代金は「ある時払い」で送ってくれる。こちらも、合計金額さえたしかめずに、それがいくらだろうと買うべきものは買うのだと思い定めて買いました。

それで、店を出てから、

「うーむ。さて、どうしたものか」

とお金の工面に頭を悩ませるわけですが、お金というのはどうにかしようという意思を持っていれば、いずれ何とかなるもので、私は勿論《もちろん》、それらの本代を踏み倒したことは一度もありません。いえいえ、本代ばかりでなく、どんな代金も踏み倒したことはありませんが、ともかく、自己実現に必要な買い物だとなれば、思いきって投資する。すると、そのためのお金は後からついてくるものです。

ただし、CDにしても本にしても、買った物がすべて実になるわけではありません。とくに本というものは、買って中身を見てみないことには良いか悪いかわからない。「これは……」と思って買ってみたら、実は中身がスカスカだったということもよくあります。

だから私も古本ではずいぶん無駄買いをしました。

しかし、その瞬間は「あちゃー、なんでこんな本を」と舌打ちぐらいはしますが、買ってしまったことを後悔はしない。そういう無駄も含めて、自己錬磨だからです。

何事も失敗から学べることはたくさんあるわけで、買い物も無駄を経験しなければ利口にならない。

仮に、無駄を避けようと思って、すでに世間で定評のある本や、権威筋が推薦するものだけを買っていたら、どうでしょうか。

それでは、自分の眼力やセンスが鍛えられない。

子供が痛い思いをすることで危険回避能力を身につけるのと同じで、買い物も手痛い「しまった！」が次への知恵を育ててくれるのだと私は思っています。

高価なブランド物の買い物はむだ遣いですが、上記のような買い物の失敗はむだ遣いではないのです。

前に、テレビや雑誌の情報に頼らず、時間と手間をかけて自分で美味《おい》しい店を探せと書きましたね。

すなわち、これを自ら実行している結果として、私は美味しい店をたくさん知っている分、それに比例して何倍ものまずい店も知っている。

以前、冗談で『東京まずいもの百選』という本を書こうかと編集者に提案したら、さすがに笑って断られたことがありますが、冗談ではなくそういう本が書けるぐらい、私は東京のまずい店に精通しています。それはつまり、数限りない失敗を積み重ねながら、舌を鍛えてきたという自負が私にはあるということなのです。

さらにもう一つ付け加えておくと、無駄の中には、それ自体が楽しい無駄もあります。

たとえば、「ありゃりゃ、こいつはひどいものを喰ってしまった」と頭を掻《か》かざるを得ないような食堂に行き当たってしまった時というのは、そりゃ食事としては最低ですが、そういう目にあったという「体験」としては十分に面白い。

「こないだ、某所で、こんなまずい豚カツ喰っちゃってさー、それがね、かくかくしかじか……」

などと、友達に話して聞かせるのは楽しいものでしょう。妙なもので、美味しいものを食べたという話にはちょっと嫌みがあり、会話としてはそれほど上等のものではないのに対して、まずいものに閉口した話は、話柄それ自体として話して楽しく、聞いて盛り上がる。つまり会話のメディアとしてもっとも好ましいものだということが分かります。となると、そんなものを喰ったのは、食事としては無駄であったかもしれないが、体験としては決して無駄ではありませんでした。

しかも、買い物は、それ自体が娯楽でありストレスの発散にもなる。だからと言って分不相応な高級品を買って欲求不満の捌《は》け口《ぐち》にするなんてのは、まあ空《むな》しい。少なくとも私はそんなものには全く興味がありません。

しかし、それとはまったく反対の方向の「くだらない買い物」が、暮らしに潤いのようなものを与えてくれることを私は否定しません。

事実、私も最初からバカバカしいと承知した上で無駄な買い物をすることがあります。とくに地方に出かけたとき、たとえば行きずりの洋品店に入って、「なにか」を買う楽しみ。

地方のごくローカルな洋品店に入ると、まず東京ではお目にかかれないようなセンスの物が並んでいたりします。たとえば、熊本《くまもと》の片田舎のさる洋品店で発見した、背中全体に龍《りゅう》の縫い込みが豪快に入っている作務衣《さむえ》。背中に龍の丸の刺繍《ししゅう》が一杯に付けられた作務衣なんて、そんじょうそこらに滅多と見られるものじゃありません。

こういう物は、どうにもこうにも買わずにいられない。そういう作務衣がこの世に存在したという事実、そして自分がそれを「買った」という事実自体が、私にとっての「愉快な経験」なんですね。

そんなわけですから、私の家のクローゼットには、人が見たら「何じゃこりゃ?」と首をひねるような洋服もたくさん並んでいます。でも、それを眺めるのがまた、私にとっては楽しい。「こんなもの買っちゃって……」と後悔することはありません。そこにあるのは、ほかの誰にも作れない私だけの風景だからです。

ユニクロもイトーヨーカドーも龍の作務衣もイギリス製のジャケットも、分け隔てなく並んでいるそのクローゼットは、ある意味で私自身、あるいは私らしさの表現の一部だと見なしてもいい。

良い本、ダメな本、古い本、新しい本、高い本、安い本、渾然《こんぜん》一体となって分け隔てなく並んでいる私の書棚も、これと同じことです。

この、世界に二つとない書庫の景色は、そこに、私がそれぞれの本を買うときに考えたことや、それらで学んだこと、楽しんだ経験などが、ぎっしりと詰まっているかけがえのないものだと私は思っています。その前に立って書棚を眺めていると、私が私であることを確認することが出来、私の来し方を思い出すこともあり、これこそ私が生きてきたことの証《あかし》なる、愛《いと》しい書棚の佇《たたず》まいだと言わなくてはなりません。それが役に立つかどうか、それは二の次の問題なのです。

第十条　他人と違うことに誇りを持て

人生は試行錯誤の連続かもしれません。

いや、私のかねての信念は、「人は試行錯誤によってしか進歩することはできぬ」ということです。

だれか先達《せんだつ》の書いた本を読む、または、師父《しふ》の教諭にしたがって歩く、それはたしかに一つの効率良い人生かもしれません。しかし、そこでは抜け落ちていくものもあります。思うに、効率良く進もうとすれば、そこには心の奥に焼き付いて深く染《し》み入っていく「切実さ」のようなものが欠けていくように思います。

失敗を恐れて試行錯誤しない者は、長い目で見ると、失敗を恐れずに試行錯誤する者に遠く及ばない経験をしか持ちえない。そうではありませんか。

じっさいの世の中で、しばしば学校秀才よりも、やんちゃ坊主《ぼうず》やはぐれ者のほうが大きな仕事を成し遂げたりするのは、じつにこのわけであろうと思います。学校秀才というか、「良い子」というか、それは要するに、人から飛び抜けて違うことをせずに、満遍なく努力して、みんなに褒められようとする人格です。言い換えると、自他をよく量って協調的にそつなく物事に処していこうとする意識です。

こういういわば横並びになって皆歩調をそろえるというのは、近代以来の日本の教育の根幹であり、また社会全体の風潮でもありました。

しかしながら、この横並び協調意識が、いっぽうで個性を圧殺する方向にも働いていたことは見逃すことのできぬ事実です。「みんなと同じ」を求める同調圧力が、言い換えれば、日本人の個性的で自分らしい生き方に常に歯止めをかけてきたということ、それは一つの欠点として確認しておかなくてはならないと思います。

言ってみれば、なお世に横行しているブランド志向なんてものも、多くの人たちに共通のブランドに安住するという、横並び協調意識のちょっと方向を変えて発現した形にほかならないと考えられる。

でもね、すこし考え直してみましょう。時代はいま大きく変わりつつあるのです。

一人ひとりの個性を大切にして、その上で、違う者同士が連帯するという社会を目指していくのが、私たちの「現在」なのではありますまいか。

もはや、「みんなと同じ」であることに安堵《あんど》するのではなく、「人と違う」ことに喜びや誇りを感じられるようになりたいものと思います。

猫も杓子《しやくし》もブランド、ブランド、ではなくて、値段もブランドも関係なく、自分の好尚とセンスによって、どんなものでも自在に着こなす、使いこなす、そういうことのほうが、じつはずっと楽しいことだということに一刻も早く気づいてもらいたいのです。

私は、ユニクロの大衆的なシャツや、カシオあたりのごくごく安価なデジタル時計を愛用していますが、そのことを一度も恥ずかしいと思ったことはありませんし、一着数万円もするジーンズや、一個何百万円もするような高級時計が欲しいとも思いません。

むしろ、一見して何社製と分かるような柄物のシャツや、キンキラキンのイタリアブランド物なんかを着、腕には金色燦然《こんじきさんぜん》たる超高級時計を光らせ、ブランドマークを一面に刷り出したバッグをこれ見よがしに抱いて歩いているほうがずっと恥ずかしい。

自分に確乎《かっこ》たる自己受容と自信があれば、お金の標識のようなブランドで自分を飾り立てる必要がどこにありましょう。ブランドを身に付けないと気が済まないというのは、見方を変えると、つまり自分のセンスがあやふやで自信のない人であることの表れだと、そう見えてしまいます。

一個の人間としての自信やセンス、言い換えれば「自己受容の意識」と、「自己実現への意欲」とは表裏一体の関係にあります。

自分はこういう人間なんだ、こういう人格として外に向かって表現したいのだ、ということがつまり自己受容の意識で、それがあるということが確かな自信にもなり、独自のセンスにもなっていきます。そして、では自分は、これから将来にむかって、どういう自分を磨いて行きたいのか、どういう人生を歩みたいのか、とそういう前向きの意識がそこから生まれてきます。それが自己実現への意欲ということなんですね。

自己実現への意欲、すなわち「自分として独自の能力を磨く」ということに意を用いること、つまり、それが積極的に自己投資をするということになるわけです。

そうして、人と同じではない自分を誇りに思い、胸を張って生活する、群集心理や付和雷同ではない自分らしい服装や趣味をもって生きる、すべからくそうありたいものですね。

とはいえ、単に他人と違えばいいというものでもありません。たしかに「人と違う」という意味で個性的ではあるものの、ただ奇妙キテレツなだけで本人に似合ってもいない突飛なファッションに身を包んで悦に入っている人もいます。ロックのミュージシャンだとか、前衛アーティストなどの、ごく特殊の業界にいる人にはそれもまた、有力な自己表現の仕方ですから、そういう奇妙さが格好いいということもある。

しかし、そうでない普通の人の場合、他人の目にあまりにも異様に映るようなものを着て、理解不能なことを口走り、あるいは悪ふざけのごとき珍妙奇怪な行動を繰り広げたりしては、周りの人は面食らってしまいます。そういう自己実現は、ちょっとはた迷惑ですね。

やはり周囲に不愉快を与えたりしないように、という自己抑制も必要です。個人を尊重する社会には、人としての個性を重んじるかわりに、やはりそこに社会全体としての調和を目指すというベクトルがなくてはなりません。調和を破って、やたらと騒がしい生き方は、個人主義に重きを置く社会の長所そのものを失わせる結果にもなりかねない。

　そこで、各人は、適切に自省しつつ、まず自分自身を知る努力をしていくということが求められる。まず己を知ること、そこから、どうやってその己を表現するかという知恵が生まれるので、自分を知らぬ者には、それを表現する知恵も生まれようがないのです。

　一つのたとえ話をしましょうか。

　私が数年にわたり暮らしたイギリスの社会は、たしかに個人主義的な社会ですが、いっぽうで、不文律・紳士協定というふうなものを重んじる社会でもあります。そこでは、たとえば町の景観を美しく保つのに、法律や条例などに頼るのでなくて、自分たちが自主自律の精神によって紳士協定を結ぶという形をとることが多いのです。

　それは法律ではないから、強制力はないかもしれない。しかし、町並みが美しい石灰石の外壁で揃《そろ》っているところへ、調和を乱して真黄色にペンキ塗の壁を作ることはきわめて迷惑な行いですね。たとえ、その黄色い壁が、その家の主《あるじ》の「個性・嗜好《しこう》」の発動だとしても、そのことが全体の調和を破って他人に著しい不愉快を及ぼすようなら、それはしてはいけない。そういうふうに自制することが求められます。

個性というものは、喩《たと》えて言えばそういうことなんです。

他人と違う自分らしさを表現し、楽しむためには、それが他人にとって不愉快な独善にならないように心掛けなくてはならない。

個人を慮《おもんぱか》る社会は「お互い様」の社会です。独りよがりの個性やわがままな自分らしさは、他人を不快にさせる利己主義であって本来排除されなくてはならないものに違いありません。

第二章　私が歩んできた「自分らしさ」

林望は英文学者!?

このごろつくづくと思うのですが、他人というものは、意外にこちらのことを理解していないものです。

もちろん、血液型や星座や靴のサイズなどといった些末《さまつ》なことは知らなくて当たり前なのですが、自分がそもそも何者であるかということ、つまり基本的なアイデンティティに関わる事柄が人から誤解されている、あるいはまた、まったく知られていないことが少なくありません。

たとえば仕事に関しても、とくに会社勤めをしていると、その人が「何者」なのかは意外にわかりにくい。本人は自分のことを「プロの技術者」だと思っていても、周囲は「メーカー勤務のサラリーマン」としか思っていないというようなことはよくあります。

奥さんに「ご主人のお仕事は？」と尋ねると、「ふつうのサラリーマンですよ」という答えが返ってくることがしばしばありますが、本人が聞いたら「おれが会社で何やってるのかわかってないのか？」と思って、さぞやガッカリするのではないでしょうか。せめて家族には、プロとしての自負心を理解してもらいたいはずです。私はサラリーマンではありませんが、それでも仕事の内容を誤解されていることは少なくありません。

こうして本など書いていますから、顔も名前もふつうの人よりは世間に知られているだろうと思うのですが、中には林望のことを英文学者だと勘違いしている人がいる。ひょっとしたら、あなたも今、「え……違うの？」と慌《あわ》てませんでしたか？

実際、そんなに付き合いの浅くない人からさえ、「林さんは日本の古典にもお詳しいんですね」「古典はいつお勉強されたんですか？」などと質問されることがよくあります。こういう質問は、まことに悲しい。

私は本来国文学者です。だから日本の古典に詳しいのは当たり前で、そもそも古典を教えて二十六年間も教壇に立ってきたというのが私の基本的キャリアなのですから、「古典にもお詳しい」なんて言われると、がーーーっかりします。

二十代の頃からそれこそ血の汗が出る思いをして、ひたすら日本の古典ばかりを勉強してきたのですが……。

とはいえ、私はべつに、勘違いしている人たちに腹を立てているわけではありません。イギリスでの生活体験に基づいたエッセイで世に出たのですから、「リンボウといえばイギリス通」というイメージが先行したのは、まあやむを得ないかもしれないし、イギリスへ英文学を勉強しに行ったのだと誤解されるのも無理はない。ですから、こういう勘違いに遭遇すると、苦笑ぐらいはしますが、怒ったりはしないのでご安心ください。……この本をご覧になった方は、もう間違えることはないと思いますが。

「物書きらしく」より「自分らしく」

ともあれ私は、「自分」に関して他人の理解を得られなくても、それはそれで構わないと思っています。

他人が自分のことを十全に知らなくても、自分が「自分」を知っていればそれでいい。本書を読んでくださる方々にまず申し上げておきたいのは、そのことです。

他人に誤解されるよりは、正しく理解されたほうがいいに決まっていますが、それよりもまず、本人が「自分とは何者か」を知らなければ人生は自分のものになりません。そして、本人さえ「自分」をしっかりと持っていれば、たとえ他人に誤解されていても、自分らしい生き方ができると私は思うのです。

私の場合、英文学者だと勘違いされることがある一方で、国文学者あるいは書誌学者としてのキャリアを知る人たちからは、通俗な書物を書くのは学者として堕落している、というふうに非難されているかもしれないことも承知しています。

さらにはまた、作家としての私を認めて下さる人にしても、いっぽうで声楽に打ち込んで演奏活動などに力を尽している現状を、作家としての本業を疎《おろそ》かにしていると思われているかもしれません。

声楽の公演が近づくと、原稿の執筆よりも歌の練習スケジュールを優先させたりしているので、本業を疎かにしているように思われてしまうのでしょう。

でも私にしてみれば、学者としての勉強も、物書きとしての仕事も、声楽の練習や公演も、自分で自分のためにしていること。いずれも「自分らしい表現活動」という意味では、少しも差がありません。はたから見ていると、いったいリンボウという人間は「何者なのか」がわかりにくいかもしれませんが、私はいつだって私ですから、自分では「自分」を見失うことはないと思っています。

いまの私の生き方が、どれほど他人に理解されているかは分かりませんが、仮に百年後、二百年後に、私の生き方を振り返って見てくれる人がいたとしたら、ああなるほど、リンボウの生き方というものは、こういうことであったかと評価されるであろうという自負があります。だから私は、他人が何と思おうと、自分は自分として揺るぎないものを持っているつもりです。

ところが世の中には、これとは逆に、ふだんから他人の目ばかり気にしている人が多いように見えます。

他人の理解を得ようとするあまり、周囲に期待される「自分像」に合わせて、生き方を選んでしまう。それこそ最初は一個の人間としてプライドを持って仕事をしていても、いつの間にか「自分らしさ」を引っ込めて「サラリーマンらしく」振る舞ったりしてしまう。

会社のような組織に属していれば、昇進によって「期待される役割」がガラリと変わってしまうこともあります。それまでは専門的な知識や技能を生かして現場で技術的な仕事をしていた人が、管理職になって現場を離れると、「課長」や「部長」といった肩書きに見合うマネジメント能力を求められるようになる。その期待に応《こた》えようとして、与えられた仕事に懸命に取り組んでいるうちに、スペシャリストとしての仕事を通じて実現していた「自分らしさ」を見失ってしまうかもしれない。

そういうことというのは、たぶんサラリーマン社会にはごく普通にあって、しばしばそれが中間管理職の鬱病《うつびょう》だとか、ノイローゼなんかを引き起こす原因になったりしているように見えます。

あるいは、烈々たる経世の意気に燃えて国家公務員に任官した若者が、キャリア官僚として、通俗因循《つうぞくいんじゅん》な慣習のなかに身を置いているうちに、いつしか平然と天下りをして私腹を肥やすことを何とも思わないような人間になってしまう、そういう悲しい現実もそこらじゅうに見出《みいだ》すことができる。

思うに、そうやって結果的に自分自身の「らしさ」を見失うよりは、他人からは必ずしも理解されないとしても、自分としてのあるべき姿を貫いたほうがいい。少なくとも私はそう思います。

私は物書きだけれども、銀座あたりの「文壇バー」などに出没して、評論家の先生がたと親交を深めたいとはついぞ思わない。いわゆる文壇づきあいなどというものには、まったく興味がありませんし、作家らしく書斎に閉じこもって、陰うつな顔をしていようとも思わない。

私はどこまでいっても私であって、声楽にも一生懸命、自動車の運転にも並々ならぬ情熱を傾け、絵も描けば写真も熱心に撮る。料理に励むことも日常の一部だし、酒を飲まないのも私の人生の当たり前です。

そういう私を「物書きらしくない」と思う人はいくらもあるだろうけれど、私は「物書きらしく」生きるよりも「自分らしく」生きることを選ぶ。ただそれだけのことです。

未来は不定形だから「自分」を鍛えておく

作家となったその最初のところで、『イギリスはおいしい』という処女作を書いたのは、多分に偶然の所産でした。

当時、慶應《けいおう》義塾大学の大先輩で、もう亡《な》くなられましたが、平田萬里遠《まりお》さんという方が、私の学術論文を読まれて、文章が面白いのでもっと一般向けの本を書くようにと勧めて下さったのがそもそもの始まりでした。

同時にまた、当時勤めていた東横学園女子短大という学校に栄養士会という会があって、そこで留学から帰った私に、イギリスの食事情を講演してくれないかという話があったのも、もうひとつの要因でした。

それで私は、ざっと話のメニューを書いて、その会の幹事に提出したのですが、あいにくとその講演は中止になってメニューは宙に浮いてしまいました。

そこでかねて本を書けと勧めて下さっていた平田さんに、このメニューをお見せしたら、面白そうだから是非書けということになって、さまざまな経緯ののちに平凡社に紹介してくださった、それが出版への足がかりだったのでした。

そんな偶然が重なって、私は『イギリスはおいしい』という本で世に出たのですが、もちろん、それがベストセラーになるとか、賞を頂くなんてことは夢にもおもっておりませんでした。まあ片隅の小出版で、とささやかに思っていたのですが、不思議なことにこれがたちまち世に知られるようになっていきました。

とはいえ私自身、若いころから作家になりたいという漠然たる夢は持っていたけれど、まさかそんな形で作家になるなんてことは、かねて想像のほかであったというのがほんとうです。

しかしながら、以来、あれよあれよという間にいろいろなテーマの本を書き、すでに九十冊以上の著書を公《おおやけ》にしてきました。本人の思いや展望とは別に、人生というものは、思いがけない方向へ進んでいくものだなあという実感が、今の私にはあります。

そもそも大学で国文科に進んだのは、高校生のときに国語が嫌いだったからかもしれません。

ちょっと妙な言い草に聞こえるかもしれませんが、たしかに国語は嫌いでした。正確に言うと、高校の「国語の授業」がどうも不愉快で仕方がない。といって、文学そのものは嫌いではない、つまりは、こりゃ国語の教育体系や教師に問題があるにちがいない。生意気な高校生であった私は、そう思って、ならばひとつ自分が国語の教師になってやろう、そしたらきっともっと面白い国語の授業ができるぞ、そんなふうに考えたのでした。

高校を卒業するとき、最後のホームルームで各自が「将来の目標」を一言ずつ述べたことがあります。

そのとき私は、以上のようなわけから「国語の教師になって母校に戻ってきます」と宣言したのを今でも覚えています。

そして、母校にこそ戻らなかったけれど、国語の教師になったという意味では、それはその通りになったのでした。

大学の国文科では、そういうわけで古典文学一筋。もともとは江戸時代の小説を専門として学んでいましたが、そのうちに、どうも江戸文学よりも、もっと基礎的な文献の学問のほうが面白くなり、斯学《しがく》の耆宿《きしゆく》、阿部隆一先生のもとで書誌学の研究にいそしむようになりました。

そのころには、慶應義塾の女子高校で古典を教えるようになっていましたが、やがては阿部先生のあとをついで斯道《しどう》文庫という文献研究のメッカのような研究所の教授になりたいと、それればかりを願って、ともかくむやみに勉強ばかりしていました。

三十歳になったときに、私は東横学園女子短大の国文科の専任講師になります。まあ、そのときはもうそれで一生短大教師かもしれないなあと思いながら、しかし、心の底では、どうしても書誌学の研究者として、学問の故郷斯道文庫に入ることを夢のように願っていたものでした。

結局しかし、人生というものは、そう思うようになるものではありません。私は、斯道文庫では無給の非常勤研究員になっただけで、専任職に就くことはついに叶《かな》いませんでした。

この挫折《ざせつ》が、私にイギリス留学を決意させたのです。

もし……いや、もしも、と考えたところで無益なことですが、仮にもしも私が願い叶って斯道文庫に入ることができたとしたら、私は決してイギリス留学など思い立ちもしなかっただろうし、終生イギリスともエッセイとも無縁で、一人の基礎的学問の研究者としてこつこつと勉強に明け暮れる人生を送っていたかもしれません。

ところが、そんなわけで、願いは叶わず、私は大きな挫折と傷心のうちにイギリスに渡り、背水の陣の積もりで必死に調査研究をし、それがケンブリッジ大学やロンドン大学で認められて、やがてケンブリッジの学術目録の編纂《へんさん》を任される、客員教授として招聘《しょうへい》される、……というふうに思いもかけなかった方向に人生が展開していくのでした。

そこから、私とイギリスは深い縁辺《えんぺん》で結ばれるようになり、帰国してから、いわば余滴《よてき》としてイギリスの本を書いたところが、それが評判になる、賞をいただくというふうに転がっていって、またもや私の人生は大きく進路を転換することになります。

じつは、『イギリスはおいしい』を出したとき、まったく同じ時に『ケンブリッジ大学所蔵和漢古書総合目録』(ケンブリッジ大学出版刊)という学術書を、ケンブリッジ大学のピーター・コーニツキ君と共著で公刊し、これも国際交流基金の国際交流奨励賞という格式ある賞を頂戴《ちょうだい》することになりましたが、そのことを知っている人はごくごく少数だろうと思います。

こんな紆余《うよ》曲折を経て、私は、やがて東京芸術大学に迎えられ、音楽学部で日本古典文学を教える教官として勤めるようになります。若いころ、自分が芸大の教官になるなんて、夢想だにしませんでしたが、つまりは、念願の斯道文庫への道が断たれたことから、イギリスへ行き、それが巡り巡って芸大教官への道を開いたのですから、面白いものですね。もっともそれも私が五十歳になったときに辞職して、ついに今のように作家として立つようになったのです。人生というのはつくづくわからないものです。

未来はいつだってこんなふうに不定形で、人知を以《もっ》てしては容易に予測がつきません。

どんなに熱心に目標に向かって努力しても、それがそのまま実現するとは限らないのです。

しかし、未来がどうなるかわからないからといって、フラフラと場当たり的に暮らしていてよいということにはなりません。むしろ、未来が不定形だからこそ、いろいろな可能性に備えて、出来るときに、出来るだけ自分を鍛えておかなければいけない。自分らしく生きることを「自己実現」と呼ぶなら、そのために必要なのは、絶え間なき「自己錬磨」です。

私が芸大の教官になったことだって、もし、若いころに必死の自己錬磨、古典文学の基礎的な勉強を重ねていなかったなら、とても芸大で古典を教えるということなど出来なかったに違いありません。努力は、決して無駄にはならず、真摯《しんし》に努めた結果はかならず応報的に我が身に返ってきます。

だから私はこう言っておきたいのです。

実現したい未来の「自己」のためには、現在の「自己」を磨いておくことが大切だ、と。

どのような形で「自己」が実現されるかはわかりませんが、いま「自己」を磨いておかなければ、将来どんなチャンスがやってきたとしても、それをモノにすることができず、何も生まれはしない。

このことは、十代や二十代の若者であっても、四十代や五十代の中年世代であっても同じことです。

そして、これはまったく当たり前のことですが、自分を磨くためには、まず自分のことをよく知らなければいけない。だから私は、他人に理解してもらうよりも、まずは自分で自分自身を知ることが大事だと言ったわけです。

自分を磨くのは自分であって、他人ではない。周囲の目を気にして自分らしさを失っていたのでは、自分を磨くことなどできません。右顧左眄《うこさべん》しつつ、おろおろと周囲に流されていたら、結局どんな自己実現も果たせないままに時は過ぎてしまう。そのことを、誰もみな危機意識をもって考えておかなくてはなりません。

時の過ぎることは疾《はや》い。しかし、自己を錬磨することは一朝一夕には成らないのです。

少年老いやすく学成りがたし、こんな古諺《こげん》が、今なるほどなあと切実に身にしみて感じられます。


「自己」について考える訓練ができていない

今、とくに若い人々の中には、「将来の目標が持てない」「自分が何をやりたいのかわからない」という悩みを漠然と抱えている人が多いようですが、これは家庭と学校の教育の場で「自己」について考える訓練が十分に行われていないことに起因するのではないかと私は考えています。

これまで日本の学校では、自分自身を見つめることよりも、みんなと同じことをみんなと同じようにできることが優先されてきました。

全体の平均点を高めて、何でもこなせる均質な人材を育成することが、教育の眼目だったわけです。

いまでこそ盛んに「個性重視の教育」などと言われるようになりましたが、掛け声だけは威勢がいいものの、実態はさして変わっていない。個性重視と言いながら、一応は子供たちが何でも一通りのことをできるようにならないと気の済まない人が、親にも教師にも多いからです。

人間を教育するのに使える時間はごく限られています。

だから、もし本当に個性を重視して一人ひとりの能力を伸ばそうと思ったら、そのぶん、他のことが犠牲になるのは避けられません。

たとえば音楽の才能を集中的に磨くのであれば、国語や算数の勉強が遅れたりすることには目をつぶらなければいけない。

個性を伸ばす教育とはそういうもので、従来の横並び平等教育との両立はまず不可能です。

「本人の才能は最大限に伸ばしてやりたいけれど、算数が人並みにできないようでは困る」ということでは、「個性重視の教育」など、しょせんは絵に描いた餅《もち》です。

したがって、もし日本人が本格的に「個性重視の教育」を選ぶのであれば、平均点重視の教育は捨てなければいけません。

ところが今のところ、政府も学校も、また親自身も、そこまでの覚悟はできていない。だから、ごくごく不徹底な形で、掛け声ばかり個性重視の教育なんて言っているために、結句、どっちつかずの中途半端《はんぱ》な教育になっているように思えます。

ここで誤解を避けるために言っておきたいことは、私は個性重視の教育と平均的集団教育と、そのどっちが優れている、ということを言っているのではないということです。この両者には、それぞれ一長一短があり、どちらか一方が正しいというものではありません。

しかし、このように正反対を向いた教育の原則を、同時に実行することはできない以上、社会全体が覚悟を決めてどちらかを選ばなければいけない、と言っているわけです。

そうして、たとえば、個性の伸展を第一に据えたならば、それによって不平等や結果のばらつきが出ることは認めていかなくてはなりません。

その結果、飛び級によって十二歳の大学院生が現れたり、数学の平均点がぐんと下ったり、そういう現実に直面しなくてはならなくなりますが、それを認めていかないと、ほんとうの意味での個性豊かな教育ということにはなりません。

その上で、しかし、あまりに極端な能力の開きによるさまざまな問題点を少しでも減らすための、妥協的処置を考える必要も出てきます。

私自身は、戦後の、謂《い》うところの「民主教育」をずっと受けながら育ってきて、その長所も欠点もよく知っています。長所は、なんといっても、多様な能力と個性を持つ子供たちが、いっしょに過ごすことによって、多彩な学校生活が楽しめたということでした。

反対に、その欠点は、たとえば私などはまったくの文科系人間で、数学などはいくらやっても少しも上達しないのに、理科系の人たちといっしょくたになって数学Ⅲまでやらされて、いたずらに時間と労力を浪費し、ただただ時間の無駄と不愉快と自信喪失を味わわされたということがあります。それは人それぞれでしょうけれど、みな多かれ少なかれ、そういう平等教育の不満は感じながら育ってきたはずです。これが、苦手で才能の皆無な分野は最小限にして、得意の文学などを中心に勉強させてもらえたら、いまとはまた違ったものが得られたかもしれないとも思います。

つまり、個性重視を原則として、そこにある程度の教養的なものを加えるという方針にするのか、それとも教養主義的に横並びの方法を原則として、多少の個性重視を加えるのか、というその大本のところ、すなわち原則の立て方を、まずきちんと選ばなくてはいけないと、私は思います。

で、私は、好むと好まざるとにかかわらず、現代から未来にかけては、どうしても個性重視の個人主義的社会が到来するのが避けられないと思っています。問題は、どこまでその社会の趨勢《すうせい》に教育が応《こた》えられるかということであります。

もっとも、それは今後の社会的な課題であって、すでに従来型の没個性的教育を受けてきた人たちは、これから自分で自分を育て直さなければいけません。

学校で優等生だった人は、つまり真面目《まじめ》に勉強して、どの科目も満遍なく良い点を取った人であったはずです。そういう「学校秀才」は、いざなにか重大な問題に直面したとき、それに向かっていく叡知《えいち》や勇気を持ちあわせないことが多い。とくにつねに周囲に調和しつつ、平均的能力を磨いてきたという没個性的秀才では、これからの困難な時代を切り回していくことは、どうしても難しいと思います。

そういう人たちが、まだ現役のサラリーマンのうちは、そうした生き方で生きていけてしまうのかもしれない。みなが同じ列車に乗っているようなものですから。しかし、団塊の世代の人たちは、今やその列車を降りなくてはならない。降りて、自分の足で、自分のペースで、自分だけのゴールを見つけて生きていかなくてはならないのです。

その時、必要なものは、確立された自己なのです。こうして生きたい、あれをやりたいという、自分なりの時間の過ごし方、楽しみ方が必要となります。

いうまでもなく、そうした「自己」は一朝一夕で確立できるものではないから、現役の時から、そういう意味で「もう一人の自分」「会社人間ではない自分」「本当の自分」を見つけておくことが大切なのです。

つねに「みんなと一緒」であることを求めて暮らしてきた平均的日本人は、自分というものをまっすぐに見つめられない傾向があるように思います。「まわりの人々はどんなふうに生きているか」を見回して、それに自己を合わせてしまう、いきおい、自分は何者であるかを極力意識しないで暮らす心のクセがついている人が多いということですね。そうした生き方を、老後まで続けていくのはとても虚《むな》しいと私は思うのです。

他人の目を気にしない

いざ自己鍊磨を始めようと思っても、何をやればいいのかわからない。実現すべき「自己」のイメージも浮かばない。それで結局、学生は「みんな」が良いという会社への就職を求め、サラリーマンは「みんな」の期待に応えて、男女とも「サラリーマンらしさ」を身につけていくわけです。

そういう生き方が悪いとは申しません。そこに居心地の良さを感じて、快適に人生を送れるのなら、それはそれで十分幸福なのですから。なにがなんでも「自分らしさ」を持って、自己実現を図らなければ幸福に生きられないなどということは決してありませんが、現実には、そういう生き方に飽き足らない思いを抱いている人が大勢いる。

若い人々の口から「自分探し」といった言葉がよく聞かれるのも、その表れかもしれません。

しかし、何度も言うとおり、時代は変わりつつあります。学生は就職難で、誰もが認める「良い会社」にはなかなか入れません。すでに「良い会社」に勤めている人も、その会社自体がいつまで持つかわからない。会社が存続したとしても、これまでの終身雇用システムは事実上崩壊しており、定年まで面倒をみてもらえる保証は今やどこにもありません。

つまるところ、寄らば大樹の陰、一生大企業の堅いサラリーマンとして人生を全うする、そういう自己実現の方向は、きわめてアヤシイものになってしまいました。

そうすると、堅い勤め人に縁付いて、そこで良妻賢母的に主婦をつとめて……という旧式の女の自己実現もまた、同時に危ないものになってきたということになる。

しかも、たとえ定年まで無事に勤め上げたとしても、今は昔と違って老後の人生が長い。六十歳まで勤めたとしても、リタイア後、二十年やそこらは当たり前に生きられる時代です。組織で快適に生きる術《すべ》だけを身につけ、「自分らしさ」を見失ってしまった人は、残りの人生をどう過ごしたらいいのでしょうか。

これはNPO活動を主宰しているあるご婦人に聞いたことですが、長年会社員として勤め上げ、とくに管理職の経験が長かった男は、NPO団体に参加してきても、ついついその会社管理職的な価値観を振り回して、なにかと人に指図したり仕切ったりしたがるので、どうも周囲とのコミュニケーションがうまくいかない、ということがあるそうです。

人生の価値を、ただただ大企業での出世というようなところに置いて疑いを抱かなかった人は、その先に、別の人生を描くことができないのです。それは、思えば寂しい人生ではありませんか。

どんな人にとっても未来は不定形です。だから、何歳になっても、さまざまな可能性に備えて自分を磨いておくに越したことはありません。

若い人はもちろん、四十歳だろうと五十歳だろうと、人生は常に「これから」だと私は思います。十年、十五年と、たゆまず努力を続ければ、定年後からでも、大きな仕事が出来る可能性はきっとあります。また一人ひとりその己の生かし方は違っているはずで、そこはどうしても自分で考えなくてはなりません。

この「不定形の未来」に向かって、今何を始めればいいのでしょうか。

まず第一に、今の自分を真正面から見つめ直して、自然と心が向くものに取り組むしかありません。当面「やりたいことが見つからない」という人も、諦《あきら》めてしまわないで、自分をとことんまで掘り下げて考えれば、必ず何か興味や関心の向く対象があるはずです。

それでも「見つからない」という人がいるかもしれませんが、しかしそれは本当に「見つからない」のでしょうか？

じつは心の中に「これをやってみたい」という何かがあっても、「自分には無理だ」「今さらこんなことを始めたら人に笑われる」などと、ネガティブな回路で考えて、最初からブレーキをかけていませんか？

だとしたら、それは「自分を知る」ことの対極にある態度です。未来が不定形だということは自分にはあらゆる可能性があるということですし、人の目を気にしていては自己錬磨の入口にさえ立てません。

価値判断の基準は、あくまでも自分の中にあるのであって、世間様や他人の価値観に合わせる必要はないのです。

必ず自分に内在している「能力」

試行錯誤にこそ、よろずの進歩の礎《いしずえ》がある、私はそう信じていることを、すでにちょっと述べました。ということは、なにか試みて努力しても、その結果がただちに実るわけではない、ということです。

やり始めたことが結局失敗であった、という結論に達して撤退しなくてはならないこともある。しかし、いまこれから行おうとする努力が、仮に将来モノにならなくても、その努力すること自体は決して意味のないことではありません。将来、何か別のことに取り組むときに、その努力を通じて得たことが必ず役に立つ。何をやろうと、努力というものは無駄にならないのです。

たとえば、私は若いころから、長いこと国文学の勉強をしてきましたが、その経験によって身に付けた方法論は、他の分野にも応用することができます。

区々たる知識は、後からいかようにも得ることができます。一見非常な博識に見えるような人でも、その該博な知識は、生まれつき持っていたわけではありません。ある時に勉強して「知った」に過ぎないのです。いかなる知識も「知る」までは「知らない」のですから、博識などは恐るるに足りません。

しかし、方法というものを知らなくては、どうやって物事を知ることができるかということが分からないので、知識も増えていかない。それは恐ろしいことです。

思うに、何か新しいことを研究する場合、仮にジャンルがいくらか違っていても、勉強の方法それ自体はある程度共通なものですから、私が国文学の研究で身に付けた方法は、他の分野での研究に応用することができます。

ですから専門外の分野――たとえば美術とか音楽とか――に関する原稿や講演を依頼されたとしても、その対象にどうアプローチして、どんな文献を集めて、それらをどのように操作して、いかなる筋道でものを考えればいいか、おおよその見当がつきます。

国文学の世界で身につけた基本的なノウハウは、国文学でしか使えないわけではないのです（もっとも、それは文科芸術系のことに限るので、数学の研究だの、応用物理学の勉強なんてことには、まったく応用することはできませんが……）。

これをコンピュータでたとえるなら、私は国文学の勉強を通じて、各種のソフトに対応できるオペレーションシステム（ＯＳ）を鍛えていたようなものだ、と言うことができましょうか。

コンピュータの場合、アプリケーションソフトの性能を高めても、ＯＳがそれと連動してバージョンアップされることはありません。しかし人間の場合は、個々のソフトを磨いていくことが、その大本のＯＳを磨き向上させていくことにもなるのです。

私自身は一人前の国文学者になりたい一心で勉強していましたが、それは「国文学の勉強」であると同時に「勉強方法の勉強」にもなっていた。どんな勉強も徹底的にやれば、間接的に自分のＯＳがバージョンアップされていくのです。

そして、人間の能力でもっとも大事なのは、専門性の高いアプリケーションソフトの部分ではなく、このＯＳの性能です。ＯＳが優れていれば、新しいソフトをインストールしても問題なく稼働《かどう》する。つまり新しい分野に手を出しても早く上達するわけです。実際、仕事のできる人で、趣味の世界でも玄人《くろうと》ハダシということがよくありますが、これもまあ、考えてみれば優れたＯＳの応用力のなせるわざなんですね。

たとえば私の知り合いには、外資系投資顧問会社の社長としてバリバリ仕事をこなしながら、ラーメン研究家として自分のホームページにラーメン批評を書き、さらには太極拳《たいきょくけん》の大家でもあり、なおかつ日々歩くことを趣味にしてすでに日本を何周かするほど歩いているという人がいます。加えて川柳も達者で、膨大な数の作品を詠《よ》んでいる。こういう人のありようを見ていると、次々と新分野に挑戦するごとにOSの性能が高まっているとしか思えません。

これは決して例外的なケースなのではなく、能力というのは誰の中にも重層的に存在しているはずだと私は思います。それが、OSを鍛えることによって次々と開花する。たとえば作家の中にも、もともとはロックミュージシャンであったり医者であったり、全然別の分野の仕事をしていた人が少なくありません。

人生は、みなさんが思っているほど、限定されたものでもないのです。

ただし、その重層的な能力は、本人が自分で発掘する努力をしないかぎり形として現れてきません。自己錬磨とは、その発掘作業のことだと言ってもいい。

一カ所を懸命に掘っていけば、その下に別の能力が眠っているかもしれない。掘り進んだ能力が結局は花開かなかったとしても、深く掘れば次の可能性が見えてくる。だとすると、「不定形の未来」はどこか遠くのほうで自分を待っているのではなく、自分自身の中にすでに存在していて、ある日掘り出されるのを待っているのかもしれない。それはちょうど、温泉の湯脈がひっそりと地下深いところにあって、掘らなければ出ないけれど、掘り当てればやがて滾々《こんこん》とわきでてくる、そんなことに喩《たと》えられるかもしれません。

他人に流されてはいけない

また、この発掘作業で大切なのは、何と言っても「継続」です。簡単に諦めて掘るのをやめてしまったら、開花するかもしれなかった能力も萎《しぼ》み、OSも鍛えられずに終わるでしょう。いや、それどころか逆に性能が落ちて、「何を始めても必ず中途半《はん》端《ぱ》で終わってしまうOS」になってしまう恐れすらあります。

私も、こうして作家になるまでに、いろいろな紆余《うよ》曲折はありましたが、若い頃に抱いた初志は曲げることなく、努力を継続してきたつもりです。

先ほど、高校時代に「国語の教師」を目指したと書きましたが、それは現実的かつ短期的な目標であって、私にとって最終的な自己実現の目標は「詩人」となることでした。どこにも発表こそしなかったけれど、私は若いころから、今の今に至るまで、絶えず詩を書き続けてきました。深い深い心の底の、またその底の「詩」という湯脈に向けて、いつも掘り続けてきた思い……。

国文学の勉強をする傍ら、能を習ったり、エッセイを書いたり、小説を書いたり、声楽を学んだりとあれこれやってきましたが、そのあいだも「詩」という目標は、私の中でいわば「自己実現の北極星」として輝き続けていました。

高校生の時に詩人になりたいと願ったことからすれば、詩への憧《あこが》れはもう四十年も温め続けてきたことになります。何の報酬もなく、誰からも認められぬなかで、しかし諦めずに温めてきたもの、それが、最近になってようやく、少しずつ世の中に認められるようになってきました。それも、声楽曲用の詩を書くという形で。

自分が学んできたさまざまな事は、それぞれが一つの目的であると同時に、全体として、詩人になるための努力の一部だったように思えてなりません。

古い歌に、

思いには石に立つ矢もあるものを
などわが恋のとおらざるべき

というのがあります。誰の作とも知れない通俗な歌ですが、この石をも貫く思いを以《もっ》て努力を継続するなら、やがてそれは何十年かの末に結実するかもしれません。

　さて、そうした努力を継続するのに必要なのは、当然ながら強い意志を持つことです。強い意志を持ち続けるには、自分自身をしっかり見つめ続けなければいけません。そこで心がけるべきことは「身の回りにいる他人に流されない」ということです。

　時間は有限です。これは誰の上にも平等に有限であり、一回性のものです。だから、もし一つのことに集中して自己錬磨をしようと念じたなら、他のことは犠牲にせざるを得ない。

　たとえば、不要不急の人づきあい、義理のつきあいのたぐいは、犠牲にしても大事ない、そう私は思っています。自己錬磨とは、時間を他人のためではなく自分のために使うことだ、と思い定めることです。

　自然、人づきあいは多少なりとも悪くなる。べつに仕事で迷惑をかけているわけではないのに、変人扱いされることもあるかもしれない。それに耐えて、自分を貫けるかどうか。実はこれが、自己錬磨を継続できるかどうか、ひいては自己実現できるかどうかを大きく左右するキーポイントです。

察しのいい方なら、私たち日本人がそもそも自己実現を図りにくい社会で暮らしているということが、もうおわかりでしょう。

何よりも協調性を大事にする日本社会では、仕事そのものはきちんとこなしていても、つきあいの悪い人間は「わがまま」だの「偏屈者」だのといった言われ方をします。学校でも会社でも、「みんなと同じ」行動をしない者は協調性がないと見なされて、評価が低くなってしまう。「出る釘《くぎ》は打たれる」と諺《ことわざ》にも言ってあるのは、そういう消息を物語るところです。

そのため、たいがいの人は、「今日は自分のために時間を使いたい」と思っていても、ついズルズルと周囲に流されてしまう。結果、限りある時間を無駄遣いして、貴重な自己錬磨のチャンスを失っているかもしれないのです。そこを、今よくよく考えてみてください。

以前、新聞で読んだのですが、ベネトン・ジャパンという会社の広報部長をしていたTさんというかたは、食事やカラオケなどの接待は、一切受け付けないのだといいます。そうして「ごあいさつだけでも」という広告代理店の営業マンには、「必要があれば連絡します」と断り、「男性たちがつくった商習慣は効率が悪い」として切り捨てられるそうです。
私はこの記事を読んで、まさに我が意を得たりと快哉《かいさい》を叫びたくなりました。私もまったくこの通りで、接待などというものはじつにどうも無意味だと思っています。そういう無駄を切り捨てて自ら時間を有効にマネージする、新しいタイプのビジネスパーソンが出てきたことは、一つの時代の露頭であろうと思います。しかもそれが女の人であることは、極めて象徴的であるように思います。

イギリスという「鍵穴《かぎあな》」にフィット

思いだしてみると、私は子供の時分から自己錬磨に向いた性格だったと言えるかもしれません。とにかく頑固な性分で、学校の先生に「やれ」と言われても、自分がやりたくなければ絶対にやろうとしない。だから、「みんなと同じ」行動を強制される臨海学校だとか、運動会、学芸会というような団体行動は、いつも苦痛に思っていた記憶があります。

べつに不まじめで授業をさぼったりはしないのですが、そういう頑《かたく》なところがあったために、先生にとっては扱いにくい児童であったかもしれません。小学校の通信簿の評価欄に、よく「偏屈なところがある」とか「真面目《まじめ》だが頑固で協調性に欠ける」などと書かれたのはそのわけであろうと思います。

とにもかくにも、団体行動を前提とする学校社会は、私にとって楽ではなかった。なにぶん「和を以て貴しとする」社会です。とくに学校は全員が足並みを揃《そろ》えて進むことを求めます。そういう、調和同調圧力の強い学校社会では、私は常にストレスを感じながら暮らしていました。

高校、大学、大学院と進んでも何かと周囲との歯車が合わず、あちこちで摩擦や衝突が起きてしまうのです。正直、自分の生き方は間違っているのではないかと思ったことも、一度や二度ではありません。

大学院に入って間もなく、こんなことがありました。

当時慶應の国文科の大学院には、林鐘会《りんしようかい》という読書会があって、教員も大学院生も参加して、あれこれの古典作品を輪読することになっていました。もちろん私も参加してみたのですが、どうも面白くない。別に内的な動機のない本を、強制されて読んだとしても、何の意味もないように私には思えました。

ところがこの会は、毎年修士課程の一年生が幹事をすることになっていて、どういうわけか私がその学年の代表という立場でしたから、自分として意味がないと思っていることを差配しなくてはいけないことになった。しかし、どう考えても、そんな読書会に意味があるとは思わない。私は、そこで、断固としてこの伝統ある読書会を廃止したいと提起しました。轟々《ごうごう》たる非難が押し寄せてきましたが、そんなことは屁でもない。

私は、もしそういう読書会をやりたいという人があるなら、それはそう思っている人が自発の意志でやるべきで、やりたくない者を強制的に参加させても意味がないと主張して、教員や上級生を相手に一歩も引かなかった。

で、それほどまでに言うのなら、ということで、私が代表を務めていた学年が幹事の年に、この読書会は廃止されることになりました。

頑固であったかもしれないけれど、この考え方自体は間違っていなかったと、今でも思っています。

そんな具合でしたから、上級生や一部の先生たちから疎《うと》ましく思われたことは当たり前であったかもしれません。むしろ目をつぶって、前例に従っておくというのが、日本的には穏当なやり方であったにちがいない。

それでも自分を曲げないのが頑固者の頑固者たる所以《ゆえん》なのですが、こういう性分のしからしむるところ、いつも敵は多かった。後に斯道《しどう》文庫の専任に採用されなかったのも、そういうことが遠因になっていたであろうことはほぼ間違いがありません。かくて外面は強気で揺るぎないように見せてはいても、内心ではいつも憂鬱《ゆううつ》な気分を抱えていました。

どんなに勉強して結果を出しても、容易に認めてはもらえないし、就職だっていつも失敗の連続でした。だから、三十歳ぐらいまでは世の中を恨んだり拗《す》ねたりする気持ちがありましたし、「このままでは一生、就職などできないかもしれない」と人生をひどくペシミスティックに考えていたものです。

常に鬱屈したものを抱えながら、それでも自分を曲げずにやせ我慢してきた私が、「いや、自分は間違っていない。これでいいんだ」と確信して、楽に生きられるようになったのは、イギリスへ行ってからのことです。生まれ育った国で感じていたストレスが、イギリスでは少しも感じられなかった。いわば日本という「鍵穴」にはまったく合わなかった自分という「鍵」が、イギリスではピタリと合ったという感じがしたものです。

かの国で暮らし始めてすぐに、私には「ガチャリ」とドアが開く音が聞こえたような気がしました。その向こうに、自分が伸び伸びと力を発揮できる広々とした世界が待っているように思えたものです。

では、日本とイギリスでは何が違うのか。

簡単に言えば、「個人を尊重する」土壌があるかないか、最大の違いはそこです。協調よりも独自性、平等よりも能力、それがイギリスという「個人を尊ぶ社会」の是とするところで、日本はその反対であったというわけです。日本ではドアを開けられなかった私という鍵が、イギリス社会の鍵穴にはフィットしたことの一番の理由は、まさにそのところにありました。

イギリスでいかに闘ったか

ただし、イギリスで仕事をする中で、最終的にはケンブリッジ大学の学術目録の編《へん》纂《さん》という大きな仕事を任されることになりましたが、そこに至るまでには、イギリス人を相手にずいぶんファイトしました。

私は日本の大学や企業などの一員として組織の看板を背負って行ったわけではなく、まったくの一研究者として裸一貫イギリスに乗り込んだので、最初から何のアドバンテージも与えられていませんでした。

しかし、こっちは斯道文庫への夢を絶たれて、背水の陣のつもりでいます。阿部先生からお教えを頂いた、そしてそれまで営々として身に付けてきた書誌学の学問を今ここで世に問わなくては、何のために勉強してきたんだかわからない。なんとしても、イギリスで調査研究したことを、目録なり論文なりの形で結実させなくては意味がない。私は悲壮な覚悟でした。

しかし現実は甘くありません。

当初はあちこちで高い壁に突き当たるのでした。

たとえば最初に日本文献の調査を申し込んだ大英図書館では、すぐに「歓迎します」と言ってくれたものの、それは単なる閲覧者として受け入れてくれるというだけの話で、調査内容を目録などの形では発表しないことが閲覧許可の条件だと言うのです。私としては、発表できないのでは調査する意味がありません。でも彼らにしてみれば、それを発表するのは自分たちイギリス人の仕事で、そのために膨大な蔵書を財産として所有し、イギリス人のスタッフも雇っているのだから、外国人に仕事を奪われては困るということでしょう。その理屈はわからなくもない。しかし、そこで諦《あきら》めて帰ったのでは、何もなりません。むしろ、そこからが勝負の始まりだと私は臍《ほぞ》を固めて闘うことにしました。よしそれならば、私が彼らイギリス人スタッフよりも実力の点でその仕事にふさわしいことをアピールしてやろう、そんな思いが沸々と湧《わ》き上がってきます。

「私は日本の文献のスペシャリストです。その私から見ると、あなた方の作っている目録には誤りが多く、よく再検討してみる必要があります」

というようなことを申し立てて、それから毎日、彼らの目録の認識や記述の誤謬《ごびゅう》を指摘してこれを訂正するようにと申し入れたのでした。これには彼らもさぞ閉口したであろうと、今ではちょっと汗顔《かんがん》せざるをえませんが、当時はともかく必死で、そうやって開かぬ扉をこじあけようとしていたのです。

結局、大英図書館は蔵書の量が多すぎて収拾がつかないこともあって自分から手を引いたのですが、ほぼ同時に並行して調査を進めていたロンドン大学では、むこうのスタッフたちが私の力を認めて加勢してくれたことも手伝って、ついに彼らの所蔵していた日本古典籍の総目録を編纂することを許されます。

私としては、それまでに日本で積んできた努力の後ろ盾もあり、自分の国の文献に関しては絶対にイギリス人には負けないという自信がありましたから、一歩も引かずに良く論じ、篤《あつ》く説き、そうして最後に当時の図書館長から、目録編纂の許可を得ることに成功します。

彼らはいったんそのように認めたとなると、じつに鷹揚《おうよう》なもので、私に大きな会議室をまるまる貸してくれて、そこに館蔵の日本古典をすべて運び込み、私が自由に調査し、自分で複写をとることすら許してくれました。

このときの仕事は、後に帰国してから『ロンドン大学東洋アフリカ校所蔵日本古典籍善本解題並に目録』という形で発表しました。

大事なのは「個人」としての実力

イギリスでの闘いは、それまで日本で直面した摩擦や軋轢《あつれき》とはまったく質の違うものでした。私が日本で周囲と嚙《か》み合わなかったのは、仕事上の能力とは別のもので、たとえ仕事が人一倍できたとしても、一匹狼《おおかみ》的な人間は疎外《そがい》されてしまう、とそういう種類の軋轢でした。

しかしイギリスでの闘いは、ひたすら仕事における能力を認めさせるためのもので、そこではただただ私の実力が問われていました。逆にいうと、私が一匹狼であろうと、組織に属さない人間であろうと、実力さえあれば、これを認めていく、それが個人を尊重する社会の風通しの良さなのでした。私は初めて、自分に合った服を身に纏《まと》ったような快さを感じました。

当時の私の肩書きは、東横学園女子短大専任講師、というだけで、つまりそんなことを言ってもイギリスでは誰も知らない学校なわけですから、まあ肩書きは無いに等しい。日本の社会だったら、相手がケンブリッジやオックスフォードの教授なんていえば認めるけれど、これという肩書きもない一介の若造などは、ぜったいに認めようとしないでしょう。

しかしイギリス人は、そうではありませんでした。

仮に私が有名大学の看板を背負い、協調性にあふれた人間だったとしても、それだけで学者としての仕事を任せるということはなかったに違いない。彼らにとって、相手がどの組織に属する人間かなどはどうでもいいことであって、大事なのは「個人」としての実力だというわけです。それが個人主義・実力主義の社会のありようなのです。その代わり、実力を見込まれて仕事を任された以上は結果を出さなければ話にならない。

だから、向こうでは死ぬほど働きました。

とくにケンブリッジでの目録作りは、一年間で一万冊の文献を調べ上げるという過酷な条件の仕事です。

実は私が着手する前に、イギリスの学者が半分くらい作業を進めていたのですが、この人は調査の半ばで心臓病に斃《たお》れました。そのあとをまた別のイギリス人がついで作業を進めていましたが、これもその後継者が交通事故にあって重篤《じゅうとく》な障害を負ったために中絶のやむなきに至っていました。つまりは、呪《のろ》われた目録、のようなものだったのです。

けれども、その半ばまで進んで中絶していた調査データを仔細《しさい》に検討してみると、日本の文献を分類する上での基本的な原則がどうも適切なものとは思えず、たぶんそのやり方ではまともな目録が完成しないと判断したため、従来の調査データはすべてこれを破棄して、まったく一から新しい原則に従って調査を進めることにしました。

かくて、私はケンブリッジ大学の日本古典籍の編纂を任されました。が、一年で一万冊ということは、実働二五〇日として一日に四〇冊ずつ調べなければならないのですから、それはもう時間との闘いです。

毎日毎日、それこそ開館から閉館までべったりと図書館に籠《こも》って必死に調査、調査、また調査、そうしないと間に合わないのです。もともと悪かった私の人づきあいが、ますます悪くなっていったのは、是非もないところでした。

イギリスでも日本人には煙たがられた

たとえば当時のケンブリッジには、「ザ・ソサエティ・フォー・ジャパニーズ・スコラーズ」という日本から来ている先生たちの親睦《しんぼく》組織があって、私も一度はその集まりに顔を出したのですが、時間の無駄なので二度と行きませんでした。

私は個人のスタッフとしてケンブリッジ大学に雇われている立場ですし、日本の学問水準の高さをイギリス人に見せてやろうという気概を持って本気で仕事に取り組んでいたのですから、日本人の先生たちと付き合うのは二の次三の次の問題でした。

しかしそのソサエティに背を向けている私を、日本人の先生たちのなかには、奇異な目で見ている人もあったように思います。

後で聞いた話によると、「ケンブリッジ図書館の日本書籍のところにいる林という奴《やつ》は、ひどく偏屈な男だから、あんまり近づかないほうがいい」と言われていたんだそうです。

これは私にとってはもっけの幸いで、向こうから敬遠してくれれば、余計な人間関係に煩《わずら》わされずに仕事に没頭できるというものですから、むしろありがたかった。

あまりこんなことばかり書いていると、私が人間嫌いの偏屈人であるかのように思われるかもしれませんが、中には気の合う日本人もいて、そのソサエティとは別のところで、何人かの人たちと仲良くつきあっていました。

ただし、単に「日本人同士だから」という理由で誰とでも仲良くする必要はない。「個人」としてお互いに信頼に足る人とだけ仲良くすればいい、というのが私の考え方です。もっとも、仮に私がそういう考え方の持ち主ではなかったとしても、当時は時間がなかったので、日本人ソサエティに参加することは出来なかったに違いないのですが……。

かくて、営々たる努力の末、最後の一冊を調べ終わったのは、帰国する前日の午後四時というギリギリのタイミングでした。それぐらい働きづめに働いてやり遂げた仕事ですから、のちに国際交流基金から国際交流奨励賞をいただいたときは本当に感激したものです。

父から学んだ反骨精神

こんなふうに振り返ってみると、私が今こうして好きなことをやって暮らせるのは、周囲と変に折り合いをつけることを考えず、何事も妥協しないで自分を貫いてきたことの結果だという気がします。

そうして、私のこういう考え方は、父の教えによる部分が大きいかもしれません。父は経済官僚から東京工大教授に転じた経済畑の人間でしたが、つねづね私どもには「親と同じことをするな」と申しておりました。

また「弟子は師を超えよ、子は親を超えよ」というのも父の庭訓《ていきん》でありました。その上で、「何をやってもよい。ただし、やるからには中途半端《はんぱ》にやるのではなく、徹底的にやれ」とも諭された覚えがあります。

実際、私が慶應の文学部に進みたいと言ったときも、国文学を勉強したいと言ったときも、またそれで大学院に進みたいと言ったときも、父は一切反対をしませんでした。

当時は、文学部などは女の子の行くところで、特に慶應の文学部なんてのは男の行くところではない、というような考えがごく当たり前に通用していました。男は慶應だったら経済学部にでも入って堅実な会社に就職するのが当たり前で、文学だの芸術だのといった青臭い夢はさっさと捨てたほうがよい、という時代だったのです。

実際、文学部に入ってみるとまわりは女子学生ばかりで、男はほんの一握りしかいません。しかも、同級生の女子学生たちはみんな経済学部やら工学部の男たちに取られてしまうのですから惨《みじ》めなものです。文学部の男なんかは、相手にされない、これまた厳然たる事実を突きつけられる時代でもありました。

それはともかく、学生時代の自分が勉学にエネルギーを注ぎ込めた背景に、そういう経済学部の連中を「いまに見返してやる」という屈辱感があったことを、私は否定しません。

かくて私は、父の教えどおりに好きな道に進み、これも父の教えどおり、そこで博士課程を終えるまで、徹底的に文学の勉強をしました。その後も「自分のやりたいことを徹底的にやり続けて」きたのは、お話ししたとおりです。

また、もう一つ私が父から学んだのは、一匹狼的な反骨精神でした。私の父はもともと経済企画庁で、戦後の計画経済の企画立案に当たった官僚エコノミストでしたが、後に東京工大教授を皮切りに、さまざまな組織の役員を歴任してきた男です。だから、仕事の面では決して「一匹狼」とは言えないのですが、しかし物の見方や考え方は、一匹狼的な反骨精神にあふれていました。

仕事が忙しいので滅多に家にはいなかったのですが、たまに一緒に食事をするときなど、たいへん面白い社会批評を聞かせてもらったのをよく覚えています。

組織人でありながら、「長い物には巻かれろ」的なことはいっさい口にせず、時の権力や政治家などに対して舌鋒《ぜっぽう》鋭く批判を加える。しかも非常に弁の立つ人で、子供にもわかりやすい多彩な表現で語ってくれるので、私どもは父の話を聞くのをいつも楽しみにしていました。

父だけでなく、私の祖父もきわめて反骨的な人でありましたから、そのあたりは先祖代々の遺伝的な資質でもあるのでしょう。

いずれにしろ、私は父の「庭の教え」を通して、世間の風潮に迎合することを潔《いさぎよ》しとしない批判精神を学びました。世間が何と言おうと、自分の頭で考えて間違っていると思うことには敢然と「間違っている」と言う。小学校時代の通信簿にいつも「偏屈」と書かれていたことはすでに述べましたが、それは実のところ「偏屈」ではなく「反骨」であったのだと私は思います。

子は家での親を真似《まね》る

子供にとっての父親は、人生の「雛形《ひながた》」として大きな影響力を持っています。私の父は家にいても暇そうにしていることがなく、しょっちゅう本を広げて読んでいたり、あるいはせっせと原稿など書いていたので、そのあたりも私の生き方に影響を及ぼしているに違いない。

そして私も二人の子供（息子と娘）の父親になったのですが、そうなってからも、子供が小さかったころには、年から年中家で勉強ばかりしていました。

つまりはそうやって、親が勉強をしている姿とともに育つということが代々伝承されていたということになりましょうか。

とくに長男が小さい頃は、私が勉強をしている隣に息子が座ってお絵描きをしている、というような日常でした。息子にしてみれば、父親と一緒に勉強をしているような気分だったのでしょう、たまに私が隣に手を伸ばして自動車の絵を描いたりしてやると「おべんきょー、おべんきょー」と言って喜んでいたのを覚えています。

そういう家庭の姿というものは、おそらく相当に大きな影響を子供たちに及ぼすのであろうと思います。

私ども一男一女の二人の子供が、それぞれの道（医学と現代アート）を自分で見つけ、二人とも慶應大学を中退してロンドン大学に進み、日々勉強努力の生活を送るようになってくれたのも、いわば祖父以来の、頑固で自立的な家の教えの影響であったかもしれません。

子供にしてみれば、「自分の道は自分で探せ」などと言われるより、「いい学校へ入って、いい会社に就職しろ」とか、「早くいい男を見つけて結婚しろ」とでも言われたほうが楽だったろうと思いますが、私どもはそういうことは少しも言わなかった。「自分の道は自分で探せ」というのは、一見すると自由でいいように思われるかもしれませんが、自分が何をやりたいのか、何をやるべきなのかということを、無数の選択肢の中から決めるのは大変です。

しかも、どんな結果になろうと、その選択の結果は、すべて自分自身で責任を負わなければいけない。だからこそ、多くの若者がそれで悩んでいるのでしょう。おそらく私の息子や娘も自分なりに大いに悩み、あちこちに寄り道して軌道修正を図りながら、自分自身を見つめてきたのだと思います。それを私は、自分の子供ながら、ある敬意を以《もっ》て受け止めているところです。

第三章　「自分らしさ」を見つけるための六カ条

第一条　アフターファイブはクールに別れる

最近はサラリーマンにも人づきあいの悪い人が増えてきたように思います。仕事を終えてからの「ちょっと一杯」が減ってきたということも、あちこちで仄聞《そくぶん》します。もはや上司が会社の金を使って若いものを飲みに連れていく、などと言う時代ではなくなってきたということは疑いのない事実です。

また、若い世代も、能力主義が厳しくなる一方で、ポストも不足している会社環境の中では、一部の「できる者」以外は会社に対する帰属意識も薄まり、仕事が終わってまでも上司と飲みになど行きたくないわけです。そんな時間があるならば、他社、他業種の人たちと交流したり、あるいはいわゆる「合コン」にでも参加して同世代の異性と和気藹々《あいあい》たる空気の中でカラオケでも歌っていたほうがいいと割り切るようになってきたのではありませんか。

こうした現象は、たとえばお金の使い方でも、あきらかに自分のためという意識が強くなってきていて、それだけ個人主義的な様相が濃厚になっているということではありましょう。アフタースクールに通ったり、週のうち決まった時間をスポーツや趣味に費やすなど、会社とは全然違った世界を持っている若い人もたしかに増えてきています。

そういうなかで、自分を磨いてさらに上のキャリアを目指すという動きも顕著になってきたように思われます。たとえば、二、三年働いたらさっさと会社をやめて外国の学校へ語学留学に出かける人などは、どこにでもいます。これは一昔二昔前まではとても考えられなかったことです。

明らかに何かが変わってきているのです。

私に言わせれば、むしろ、アフターファイブは仕事がらみの人間とつきあわないのが正しい生き方です。将来の自分を見越して、会社から離れたところに片足を置き、冷めた目でものごとを見ている、そういう若い人たちが現れてきたことで、社会全体のシステムは未《ま》だ必ずしも変わっていないとしても、世の中の底流は変わりつつあるのではないかと思っています。

言うまでもないことですが、アフターファイブまで会社の人間とつきあっていると、住んでいる世界がどんどん狭くなっていきます。飲んでいても、話題になるのは会社のことばかり。上司は上司の仮面、部下は部下の仮面を脱ぐことができないので、朝から晩まで「サラリーマンとしての自分」しか持つことができません。

でも、この不景気で、接待費なども昔のようには使えなくなりました。部下を飲みに連れて行きたくても、給料も以前のようには増えないので自腹を切る気にもなりません。もちろん、休日に取引先の人間に会うこともない。仕事がらみの人づきあいに使う時間が極端に減っているわけで、その分、古い友人や家族と過ごす時間が増えている人も多いだろうと思います。

だとすれば、私はそれがこの不景気のもたらした最大のメリットだと思っています。不景気は悪いことばかりでもないのです。

いっぽうまた、いわゆるリストラの進行で、労務体系は合理化されてきたとはいえ、そのあおりで、少数の有能なスタッフたちには、より多くの仕事が課せられる結果となったところも、たぶん当たり前にあるのに違いない。こうした場合、その分仕事が増えてしまって、以前よりいっそう会社人間にならざるを得なくなったということを託《かこ》っている人もきっと少なくない。

けれども、私に言わせれば、それは「働ける分だけ働く」ということで対応するのが、これからの時代のありようだし、グローバル・スタンダードでもあるのだろうと思っています。

そんなむちゃな、と思うかもしれませんが、一定の給与に対して、一定以上の仕事に繋《つな》がれているのは、決して健全な姿ではないと思うのです。

みんながよく話しあって、無駄なことは極力排除しつつ、しかし、執務時間外は会社に従属しないという労働慣行を一日も早く確立しなくてはいけません。現にイギリスなどは、あきらかにそういうスタイルになっています。そしてそのことが不都合だとも思えないのです。

私の知人でも、リストラの進んださるメーカーの職場で、以前にくらべると非常に仕事が過重になって、それも、ほとんどがサービス残業だということをぼやく人がありますの。それなら、働かなければいいじゃないか、みんなで共同して、と私は助言するのですが、実際にはなかなかそうもいかないらしいのですね。それはまあ、みなが心を合わせてやらないと、昇進などの時に不利益を蒙《こうむ》ることになりますから。

でも、昇進なんかしなくてもいいから、自分らしく生きることが大切だ、とそういう選択肢も当然あっていいのではありませんか。なにもエラクなって重役、社長になるばかりが良い人生なのではありますまいよ。みんながそうなれるわけでもないのだし。

そこの割り切りと、勇気をもって会社を切り捨てる意思が求められているのです。そしてそういう人が多数になってきたとき、この国がようやくほんとうの意味で国際的な姿に変わってゆくのだと、私は信じます。

■人づきあいの要諦《ようてい》は……

人間の「顔」は一つではありません。

誰しも、つきあう相手によってさまざまな「顔」を持っている。同じように酒を飲んでいても、上司や部下の前で見せている「顔」と学生時代の友人の前で見せている「顔」は同じではありません。

だから、「自分」というものを広く深く知ろうと思ったら、なるべくいろいろな人と会ったほうがいい。

ビジネスの人間関係も大切にしなければいけませんが、それは仕事中にしっかり築けばいいのであって、アフターファイブはビジネスと関係のない人と過ごしたほうが、自分の世界を広げることができるという意味で、あきらかに自分のためになるのです。

多くの人々が主体的に求めたわけではないとはいえ、景気が悪化低迷した結果としてそういう時間が増えたことは大いに歓迎すべきところがある。いや、不景気は元来、人を幸福にしないし、ほんとうは景気がいいほうが幸福は実現しやすいとは思うのですが、この点だけは「不幸中の幸い」として前向きに評価したい。

「会社の金が使えなくてつまらない」ではなく、「やっと会社から解放された」と考えて、手に入れた時間を有効に使ってほしいのです。

この状況をネガティブにしか受け止めず、自分たちが「我慢」を強いられているのだと思っていると、いつか景気が回復したときに元の木阿弥《もくあみ》になりかねません。

しかし、不景気を逆手《さかて》にとって今こそ自己実現の好機到来と前向きに考えるならば、たとえまた景気が良くなって接待費をふんだんに使えるようになっても、以前のような「会社人間」には戻れないはずです。

私たちはこの不景気を奇貨《きか》として、二度とふたたび部下や同僚を連れて飲み歩く世界には舞い戻らないよう、自分たちのライフスタイルを、ここで着実に作り直すべきであろうということを声を大にして提案しておきたいのです。

第二条　リタイアメント・ライフに横並びはない

もっとも、私たち団塊の世代はもう還暦前後ですから、リストラされても退職金がかなり支給されますし、すでに定年になった人もいて、実のところさほどダメージは受けていません。私の友人にもリストラに際会して退職した人間が何人かいますが、すでにマイホームのローンも払い終えていることもあって、わりと呑気《のんき》に構えています。

しかし、もっと若い世代はそうもいかないだろうと思います。これからは、退職金も今までのようには出ないかもしれないし、年金も一向に頼りにはならない。

そういうなかで、しっかりと生き残るためには、最後まで面倒をみてくれそうな会社を探す努力をするのではなく、会社がどうなろうと、自分で自分の面倒をみられるだけの、個人としての実力をつける方向に努力しなくてはいけません。いやおうなくそういう時代が来ているのです。

それを「逆境」としてペシミスティックに受け止める必要はありません。むしろ今までのシステムのほうが尋常ではなかったのであって、本来、人間は自分の力で生きていくものだ。そのほうが自分らしく生きられるのだし、努力して能力を高めればそれだけの報いはきっとありますから、やり甲斐《がい》もあるというものです。能力のある人もない人も等しなみに給料や退職金をもらえる世の中は、はっきり言って、面白くないではありませんか。

また一方、退職金や年金など、ある程度金銭的には恵まれたリタイアメント・ライフを持つことのできる団塊の世代も、だからといって安閑とはしていられないと思うのです。重ねて言いますが、退職した後、「私はこうして人生の後半を生きるのだ」といった「自分らしい生き方」がないと、なかなか老後の日々はつらいことでしょう。六十歳なんて、まだまだ若い。隠居などできるわけがなく、会社という軛《くびき》がなくなったこの時からこそ、自分のためだけに自分の時間を使うことができるのです。

そのためには、働いている時から、「会社の顔」ではない、「自分らしい生き方」を見つけておくべきです。リタイアメント・ライフに横並びはないのです。

第三条 「時間」を買い戻したと思え

ともあれ、少なくともビジネスの分野では、これからの日本はますます、本人の実力が問われる個人主義的な世の中になっていくことは時代の趨勢《すうせい》であります。

となると、より良い人生を築くためには能力アップのための自己錬磨が欠かせない。実力が問われる社会で求められるのは、その人ならではの特技・得意分野を持ったスペシャリストです。何を選ぶかは各自が自分の嗜好《しこう》や適性や性格などを見つめ直すことで決めるわけですが、たとえば語学力を磨くにしろ、なにか特別の資格を取得するにしろ、プロとしての得意技を身につけるにはお金と時間がどうしても必要です。惜しみなくお金を投じ、怠りなく時間を投資する、そうしないかぎり、自分を磨くことはできません。

とりわけ大切なのは、時間の使い方です。

お金は、投資できる金額に個人差がありますが、しかし、時間だけは、生まれにも学歴にも関係なく、誰にでも平等に与えられているのです。

人間には、銀の匙《さじ》を銜《くわ》えて生まれてきた人もいれば、極貧の家庭に生まれ合わせた人もいる。体格や能力も決して平等ではありません。生まれた後も、良い先生に恵まれる人もあれば、そういうツキに見放された運の悪い人だっている。

しかし、この世で唯一《ゆいいつ》、万人に最初から平等に与えられているのが「時間」なのです。

逆に言えば、時間を、どのように自分の責任でマネージしたか、ということがその人の人生行路を決定するとも言える。

もともとの資金力や素質が他人より劣っていても、時間を最大限に自己投資することができれば、いかようにも逆転は可能なのです。

本居宣長《もとおりのりなが》は、その学問論『うひやまふみ』のなかで、次のように説いています。

「詮《せん》ずるところ学問は、ただ年月長く倦《うま》ずおこたらずして、はげみつとむるぞ肝要にて、学びやうは、いかやうにてもよかるべく、さのみかかはるまじきこと也《なり》。いかほど学びかたよくても怠《おこた》りてつとめざれば、功はなし。又人々の才と不才とによりて、其《その》功いたく異なれども、才不才は、生れつきたることなれば、力に及びがたし。されど大抵は、不才なる人といへども、おこたらずつとめだにすれば、それだけの功は有ル物也。又晩学の人も、つとめはげめば、思ひの外《ほか》功をなすことあり。又暇《いとま》のなき人も、思ひの外、いとま多き人よりも、功をなすもの也。されば才のともしきや、学ぶことの晩《おそ》きや、暇のなきやによりて、思ひくづをれて、止《やむ》ることなかれ。とてもかくても、つとめだにすれば、出来るものと心得べし」

一生を勉学と教育につくした大先覚者の宣長にしてこの言あり。要するに「学ぶということは、なによりも継続的努力が肝要であって、どんな風に学ぶか、あるいは才能の有り無し、年をとっていることや、忙しい日常であることなども、継続的努力の前には、必ずしも決定的な阻害要因ではない」と言っているのです。

よく聞くべき言葉であろうと思い、私はこれを座右《ざゆう》にしていつも励まされているところです。みんな努力するまえに、なんだかんだと自分に言い訳して、努力を回避している、そんな風に私には思えます。この宣長の言葉を紙にでも書いて、日夜復唱し、よく拳々服膺《けんけんふくよう》されたならば、きっと新しい発見があることと思います。

さて、幸いなことに、不景気で会社に縛られることが格段に少なくなった今は、それだけ自己実現に使える時間が以前よりも増えている。それがあるからこそ、私は今の日本が「いい時代になった」と言うわけです。

ただし、その時間を生かせるかどうかは自分次第。せっかくアフターファイブに仕事から解放されても、遊びほうけていたのでは何にもなりません。減った給料は、自分を磨くための時間を買い戻すために支払った代金だと思い定めて、そのことを嘆くのではなく、むしろこの状況を絶好の好機到来と反転的にとらえなくてはいけません。

そしてその買い戻した時間を、自己投資に回すことの出来た人だけが、この時代を、ほんとうに良い時代として生かすことができるのです。ただ愚痴をいって現実から逃避していたり、無用の遊びに時間を費やしたりしている人にとっては、今はもっとも悪い時代でありつづける、とそういうことなのです。

だから、若い人たちにはこう申し上げる。

今は、安閑と合コンなんかにうつつを抜かしている時ではありませんよ、と。これからの厳しい時代を生き抜いて、二十年後三十年後に「勝ち組」の名乗りを上げるためには、いまこの苦しい時代を必死に自己錬磨して過ごす覚悟が必要だ、とそう言っておきたいのです。

第四条　自分を直視せよ

いや、彼らとて好きで暇つぶしをしているのではないのかもしれません。ほかに何をやっていいのかわからないから、仕方なく飲み会や合コンをやっている人も多いのだろうと思います。

時間を将来のために自己投資したくても、そもそも自分が何をやりたいのかわからない。未来のビジョンが見えないから、一種のニヒリズムに陥って、刹那《せつな》的な快楽だけを追いかけてしまう。そういう機微は私にも分からないではない。この「自分が何をやりたいのかわからない」が、しかし、今の若者にとって最大の問題です。

思うに、これは彼ら自身の責任とばかりも言えないかもしれません。これまで日本では、何でも一通りこなせるジェネラリストを養成することを目的とした教育システムが広く行われてきました。そういうシステムの中で、スペシャリストを求める新しい社会に適応できる人間を十分に育ててこなかった、そこは反省の必要があります。

思い返してみれば、親も教師も、受験という重い軛《くびき》に圧せられて、ともかく満遍なく結果を出すことを子供たちに求めてきたのではありませんか。

仮に本人に「やりたいこと」があっても、それにばかり時間を使っていると、「そんな偏《かたよ》ったことばかりやっていちゃいけない」「みんなと同じことをやりなさい」などと言って、それぞれの独自性に基づいた自己実現の芽を摘み取ってきはしなかったでしょうか。よく反省してほしいのです。

そして、得意な分野を伸ばすのでなくて、ひたすら不得意な分野を埋め合わせようともしてきましたね。いわば消去法の教育で、「あれもダメ」「これもダメ」と種々の規制を加えられたなかで、不得意なこと、やりたくないことにばかり汗水たらしていたのでは、子供たちが、やがて自分でも何がやりたいのかわからなくなってしまったとしても、蓋《けだ》し無理もないところでありました。

とは言え、「教育が悪い」と文句をつけながらニヒリズムに浸っていたのでは何も始まらない。

昔はその教育を施した社会が、ジェネラリストとしての人生と引き換えに、終生面倒をみてくれたかもしれませんが、これからはすべて自分で引き受けていかなければなりません。

仮に教育が間違っていたのだとしても、改めて自分を教育し直すのは、社会ではなく自分自身なのです。

そして、再教育を始めるのは早ければ早いほどいい。何事も、人に負けないだけのスキルを身につけるまでには十年かかるというのが私の実感です。

たとえば私自身も声楽のトレーニングを始めて十五年ほどになりますが、それだけやってきて、ようやく人前で歌ってもいいかもしれないと思えるようになってきました。ことほどさように、専門的な技術は一朝一夕には身につかないので、ボヤボヤしている暇はありません。思い立ったら明日から、いや、今日からすぐに始めるべきです。

そのためには、まず何よりも具体的な目標を持つこと。それを模索する上では、さまざまな角度から「自分」を見つめ直す意味で、いろいろな人に会って話をするのもいいでしょう。自分自身を直視すれば、やりたいこと、やるべきことは必ず見つかります。

それさえ見つかれば、もう無駄に潰《つぶ》していられる暇などないことは、誰に言われなくてもわかるはずです。

たとい遊びに誘われても、「貴重な時間を奪わないでほしい」という気持ちになって、くだらない人づきあいは平気で断れるようにならなくてはいけません。

第五条　手遅れと思うな

　ところで、「何事も十年」「始めるのは早ければ早いほどいい」などと言われると、年齢によっては「もはや手遅れ」と思う人もいるでしょう。

　でも、人生は常に「これから」です。先の宣長の言葉にもあったとおり、自己錬磨を始めるのに遅すぎるということはないのです。

　たしかに同じスキルを身につけるには若いほうが有利な面はありますが、十年あればモノになるのであれば、中年以降の人でも諦《あきら》める必要はないのです。

　たとえば、あなたが四十歳だとすれば、今から始めれば五十歳のときには新しい能力が身についているでしょう。「人生五十年」だった時代はいざ知らず、平均寿命の長い今日では、五十歳はまだまだ働き盛りです。

　昨今のビジネス界を見ていても、ちょうど五十歳ぐらいで「勝ち組」と「負け組」

の分岐点を迎えるようです。したがって四十歳で自己錬磨を始めても、まったく遅くはないのです。これからヨイショと腰を上げて、わき目も振らずに十年間、ひたすらに努力を続ければ、いくらでも勝負になるのです。

すでに五十歳の人は十年経《た》つと定年を迎えてしまいますが、しかし人生は会社の中だけで終わるわけではありません。六十歳でリタイアしたとしても、平均余命でいえば、まだ残りが二十年ぐらいあるわけで、その年月を充実させられるかどうかで人生の値打ちは大きく変わってくるでしょう。

「第二の人生」という言葉もあるぐらいですから、ただ隠居して孫の相手をしているだけではもったいない。事実、最近は六十歳ぐらいで起業家として成功する人も珍しくありませんし、それこそ細川護熙《もりひろ》元首相のように現役を退いてから陶芸家としての人生を歩み始める人だっています。五十歳になろうと六十歳になろうと、本気で自己錬磨に取り組めば、今までとは別の人生を獲得することができるはずなのです。

かつて私が下宿していた先の高名な児童文学作家、ルーシー・マリア・ボストン夫人などは、そういう意味で、あたかも北斗の星のように、いつも私どもの行く手をさし示してくれているように思います。

一八九二年生まれのボストン夫人が、最初の小説作品『グリーン・ノウの子どもたち』を書いたのは、じつに六十二歳の時のことでした。そして、六十八歳のときに『グリーン・ノウのお客さま』で、世界的な児童文学の賞、カーネギー賞を受賞して全世界に名前が知られるようになったのです。

さらに、八十歳を過ぎてからも詩集『時を巻き戻して』を公刊し、古代薔薇《ばら》を育て、パッチワーク作家としても多くの名作を残しと、その旺盛《おうせい》な活動は死の直前まで衰えることがありませんでした。

私がボストン夫人の住む屋敷に下宿していたのは、彼女が九十一歳のころでしたが、その若々しい叡知《えいち》にいつも舌を巻いたものでした。

イギリスの児童文学の世界には、しばしばこういう中高年になってから素晴らしい作品を書いた人がでてきます。C・S・ルイス、ケネス・グレアムなど、みなそうです。またピアニストであり作曲家としても多くの名作を残したハワード・ファーガソン博士も、五十歳近くなってから、音楽学者としての道を究めて、シューベルトの楽譜全集を校訂したり、楽理の本を著してその道のスタンダードになったりしています。博士もまた、終生、一個独立の人として、悠々と自己実現、自己錬磨の人生を送った人でした。

あるいはケンブリッジ大学ジーザス・コレッジの耆宿《きしゆく》、ローレンス・ピケン博士は、本来化学者として大きな業績を残した人ですが、やはり六十を過ぎてから、日本の雅楽の理論的研究に取りかかり、この方面でも世界的な業績を残しています。

こういう人たちの謦咳《けいがい》に親しく接してみると、年齢などはあまり問題でないのだという気がします。

要は、自分で自分に箍《たが》を嵌《は》めてしまって、進歩への努力を怠ってしまったら、それっきりだということなのです。諦めてはいけない、そのことを、イギリスの先達たちは見事な人生を以《もっ》て教えてくれたものでした。

まずは「こんな歳《とし》だから、もう無理だろう」とか、「やりたくても忙しくて時間がない」とか、予《あらかじ》め否定的な意識を持たないことです。

よくよく考えてみると、いかに忙しくても、どこかにまだやりくりできる時間というものは残されているものです。たとえば、酒に酔って夜通し意味のないことをしゃべっている、そういう無駄な時間がかならず残されているものです。それを救い出すのです。そうして、ちょっとの時間でも綴《つづ》り合わせれば、相当のことができる。

前にも既に書いたように、義理は欠いても時間を無駄にするな、それを私はよくよく申しておきたいのです。

そうして、たとえば一生懸命に働き通して、定年で退く、そういう年齢になったら、人によってはテーマは「ビジネスにおける成功」というところからは、ちょっと離れて考えてみることも必要かと思います。

団塊の世代以降は、年金がアテにならないので、ある程度の収入を維持できればそれに越したことはありませんが、定年後の人生というのは、お金儲《かねもう》けよりも何らかの形で「世の中の役に立つ仕事」をすることが重要になってくるのではないかと思います。

これは高齢化する社会全体のテーマでもありますが、まだまだ元気に働けるにもかかわらず、ぼんやりと無為に過ごしている高齢者が今は大勢います。

それは、本人にとっての不幸であることはもちろん、社会的な損失でもある。

たとえばＮＰＯやＮＧＯの一員として社会貢献を果たすなど、高齢になってから社会の役に立つべき新しい役割はいくらでもあると思います。

第六条　自分の経験を見直せ

一般的に言うならば、新たなスキルを身につけるには若いほうが有利であることは間違いがありません。なにしろ若いということは、体も頭も柔軟で吸収力は高齢者の比ではない。

しかし、若い人には若いがゆえのデメリットもあります。それは経験が浅いことです。

第二章で、勉強によって頭の「OS」を鍛えることの大切さについてお話ししましたが、これは別の言葉で言えば「経験値」のことでもあります。

OSはさまざまな経験によって鍛えられますから、これは基本的に、年齢を重ねたほうがより性能のいいものが得られる可能性があります。なにか突発的に異常な事件に遭遇したときに、沈着な判断が出来るのはやはり豊富な経験をもった「おとな」であることが多い。それはすなわち、OSがすぐれていることによる判断力の正確さを物語るのです。

よく、学校で試験を嘆いている学生を窘《たしな》めるのに、「社会に出たら毎日が試験のようなものなんだぞ」と言うことがありますが、実際、仕事の遂行に当たっては、何をするにもそれなりの勉強が必要です。それでも失敗することが人間の悲しさではありますが、しかし社会人は、そのたびに「何をすれば（orしなければ）失敗するのか」を含めて、多くのことを学んでいる。いや、そういう意味で「失敗に学ぶ」ことが出来ない人は進歩することがおぼつかない。つまり、そうやって、成功するにつけ失敗するにつけ、仕事を通じて、日々OSを磨いているのだと言ってもよろしい。

だから、新しいことに取り組むときにも、何をどういう手順で勉強すればいいかということについて、ある程度の戦略を立てることができる。それが、よく学びよく考えてきた「おとな」の優れた能力なのです。

若い人がまず「勉強の方法」から勉強しなければならないのに対して、すでに優れたOSを持っている「おとな」は、すぐに具体的なコンテンツの勉強に取りかかれる。しかも猪突《ちょとつ》猛進でなくて、全体を広く見渡しながらバランスをとって進んでいく視野の広さ、言い換えれば経験に基づいた「知恵」があるのも、「おとな」の優位点です。若いほうが飲み込みが早い面もありますが、中年には中年なりに、それを補う武器が備わっているものなのです。まったく人間はよくできていますね。

たとえば雑誌にしても、才気にあふれた若い編集スタッフだけで制作すると、えてして大事なポイントがすっぽりと抜け落ちてしまい、企画そのものは悪くないのに読者に伝わらないものになったりすることがあります。

最新の情報は詰まっていても、それを読者の興味を引くように見せるノウハウを知らなかったり、社会全体におけるその情報の意味や位置づけについての見渡しが不明確だったりして、地に足のつかない浮わついた雑誌になりがちなものです。

思うに、物事には必ず「不易」と「流行」というものがあるわけで、どんな時代にも通用する「不易」の部分、言い換えれば人間のジェネラルな叡知の部分をわきまえている人間がいないと、ビジネスは成り立たないのです。

ですから中年以降の人は、これから自分の何を磨くか考える際に、まったく違った分野に挑戦してみるのも一法ですが、より地道には、これまで積み重ねてきた自分の経験をもう一度再検討してみて、自分がこれから何をしたら世のため人のために役立てるか、という方向で思惟《しゆい》を巡らすことも、そこからヒントを得る良い方法だと思います。

ジェネラリストとしてさまざまな仕事をしてきた人でも、その中には得手不得手があったはずです。まったく新しい分野に手を出すよりも、すでに経験した仕事の中から、自分が得意にして、ある程度の専門性を身につけている部分を集中的に磨き上げたほうが、効率がいいかもしれません。

たとえば、会社のなかでは、総務もやった、会計もやった、営業にも出た、とさまざまなことに力を尽したかもしれませんが、そのなかでどれがもっとも居心地がよかったか、自分にとってもっとも「合ってるなあ」と感じたかを想起してみるといいのです。

ある知人は、さまざまな仕事を担当してきたなかで、コンピュータのオペレーションに関わっていたときがもっとも楽しかったということに思いいたり、定年になる前から自分でも各種のソフトなどを積極的に買い入れて、その操作を独学したのでした。

やがて定年になる二年ほど前に、彼は自発的に退社して、お金を儲けるという意識は捨てて、家庭の主婦や、高齢者でコンピュータを教わりたいという人に、ごく安い謝礼と引き換えにあれこれ教授するという仕事を始めました。まあ、そんな第二の人生も悪くないなあと、私は思っているところです。

こういう人は、まだほかにもたくさんいるだろうと思います。

いや、私自身のことを顧みても、高校の教師、短大の教師、大学の教師、あちこちの研究員、とあれこれの仕事に携わっていたなかで、しかし、やはり自分にとっては、「表現する」ということこそが、心底からやりたいことだったと四十歳くらいのときに思い当たります。そして、その表現者に徹して生きるために大学を辞めたのは一九九九年、五十歳の時でした。

文章を書くことだけではなく、詩を書くこと、絵を描くことと、さまざまな形での表現をすることが、私にとってもっとも自分らしい生きの姿だと気づいたのでした。

学問というものは、そのことに気づくまでの回り道であったかもしれません。しかし、その厳しくも遠い回り道を一生懸命に辿《たど》りながら、私が「表現」のために身に付けたことは無限に大きく、一見無駄のように見えた学校の雑務や何度も経験した挫折《ざせつ》さえも、今となっては大切な私の経験の一部分であったなあと痛感されます。

先日、こんな記事を読みました。総務省の「労働力調査」によると、数年以内には、六十歳以上で就業を希望すると見込まれる高齢者数が、若年労働力人口（十五―二十九歳）を逆転するそうです。企業ではすでに、技術や技能を必要とする職場で、一度、定年退職した労働力を再雇用するケースが増えているとも聞きます。中には六十歳以上の人がワークシェアリングしながらゆったりとしたペースで働いているケースもあるそうです。企業としては即戦力のプロをそれほどの年収を払わずに獲得することができ、一方、退職者の中でも仕事が天職と思えるスペシャリストは、条件はちがうが、リタイア後も働くことができる。こうした労働形態も、仕事の中に「自分らしさ」を見つけたスペシャリストならではの生き方だと思うのです。

いずれにしろ、大切なのは、自分の人生は自分のためにあるということを忘れないことです。

自己錬磨は、ただ生き残るために行うものではありません。結果的にはそれで生き残ることができるかもしれませんが、本来の目的は「より良い自己を実現すること」「もっとも充実した人生を送ること」です。

そして、より良い自己を求める旅は死ぬまで続きます。だからこそ自己錬磨には年齢制限などないのであって、何歳になろうと、平等に与えられた時間はできるかぎり有効な自己投資に使うべきだと私は思うのです。

おわりに

一人ひとりが「自分らしく」生きることができるために、これだけはぜひとも国に改めてもらいたいことがひとつあります。

それは、この国の休暇のあり方です。

私が提案したいのは、「国民の祝日・休日」をカレンダーの上からきれいさっぱりなくすことです。

まあ、せいぜい正月と春分秋分、それに天皇誕生日くらいを残して、あとはなにもかもさっぱりと廃止してしまったほうがいい。私は本気でそう思っています。それに祝日と日曜が重なった場合に翌月曜を代休とする、というような中途半端《はんぱ》な制度もぜひやめたほうがいいと思っています。

現状のように、やたらと三連休が増えたのは、一見すると良いことのように見えますが、その結果として、仕事はやりにくくなったと感じている人も少なくないだろうと思います。なにしろ年中三日も四日もビジネスがストップする時がやってくるのですから。

しかもそれは、御上によって一律に与えられた「お仕着せ」休日なので、みな一斉にどっと遊びに繰り出す。その結果として、どこもここも混雑はするし、道は渋滞するし、これでは休みが真の意味の休息にはならないと感じる人もきっと相当にいるだろうと思っています。

さらに、このような細切れの休暇がたくさん出来た結果、連続した有給休暇はますます取りにくくなってしまったということもあるだろうと思うのです。

こういう、いたずらに休日を増やす政策によって、見掛け上の労働時間短縮はたしかに果されたかもしれません。しかし、その実、自分の取りたいときに長期に休んでじっくりと心身の回復を図る、という真の意味の休暇は、ほとんど圧殺されてしまった、そのことを私は声を大にして問題にしたいのです。

実際には、どうでしょうか、多くの人は、それを自分のために有効に使うことができているでしょうか。

事実は、せいぜい混雑した行楽地に出かけて無駄なお金を使い、へとへとに疲れて帰ってくる機会が増えるという程度のことではないのでしょうか。

これによって、多少は消費が増えて国の経済には少しばかり寄与するかもしれませんが、では、休暇の間に、何らかの自己実現に向けての時間投資ができるかというと、それはきわめて疑わしい。疲労感だけが残って、建設的なことはほとんど出来ず、むしろ翌日からの仕事がますますペースダウンするかもしれない。

これでは、いったい誰のために、そして何のために休んでいるのかわかりません。

休暇は、本来自分のために使うもの。何をするにしろ、自己実現に役立てようと思ったら、ある程度まとまった日数が確保されることが望ましい。

たとえば独立して仕事を始めるために運転免許を取ろうと思ったとしても、三日ではもちろん、一週間あっても免許は取れません。

あるいは高卒の人が「大学の勉強をしよう」と思った場合も、細切れの祝日三連休では何もできはしない。

しかし二、三週間ぐらいまとめて休めれば、通信制大学の集中講義（スクーリング）などにも参加できます。
また、単にじっくり骨休めをして仕事のストレスを癒《いや》し、ふだん読めない本などを読んで充電するだけでもいいけれど、それとてやはり二、三週間はないと腰を落ち着けて取り組むことはむずかしいのです。これは私自身の経験でもあります。

しかも日本の場合、こういう中途半端な連休ばかりたくさん増えたけれど、といって、会社から与えられているはずの「有給休暇」はほとんど使われていないという現実があります。お盆休みや正月休みも、せいぜい数日程度のものです。

勤続年数によっては「リフレッシュ休暇」なるものが与えられることもありますが、十年も二十年も勤めなければリフレッシュさせてもらえないのでは、お話になりません。誰だって年に一度や二度は思い切りリフレッシュしたいはずですが、二週間三週間の休暇を毎年取れる人はたぶんほとんど皆無であろうと思います。

ですから、本当に休暇を意義のあるものにするなら、三連休を増やすことより、誰もが権利として最初から持っているはずの有給休暇を自由に取れるようにするのが先決なのです。

どうせ法律で決めるなら、ハッピーマンデー法のような形で散漫なる休日を一律に押しつけるのではなく、二〜三週間の長い休暇を従業員全員に有給で取らせない経営者は処罰するというように法制化したほうがずっと有意義であろうと思います。

国民の休日や祝日を廃止した分、有給休暇の日数も増やした上で、それが消化されなかった場合は会社を労働基準法違反か何かで訴追することができるような法制度を整備すること、それが先決だと私は思っています。

これが実現すれば、みんな「自分はいつ休むべきか」そして「その長い休みに自分は何をなすべきか」を真剣に考えざるを得ません。それが、人生を「自分らしく」生きるための第一歩になるのです。

また、自分がそれを考えるようになれば、他人も自分と同じように、それぞれの都合や思惑で休みを取ることがわかるはずなので、そういう「お互い様」の市民精神は、「いつ休むか」を国家の意向で一律に決めてもらっていたのでは育たないのです。

■良い時代がやって来た

不景気は悪いことばかりのように見えるけれど、病んだ患部を摘出して、よりスリムな健康体に回復するための外科手術の過程だと思えば、そう悪いことばかりでもない。

ここは、しばしの痛みは我慢しても、けっして手術前の元《もと》の木阿弥《もくあみ》には戻らないぞということをしっかりと心に刻んでおかなくてはなりません。肺癌《はいがん》に冒された人が、外科手術で患部を切除したとしても、また退院後にたばこを吸ったのではなにもなりません。

実は私自身も、最近、尿管結石と胆嚢炎《たんのう》というひどく痛い病を立て続けに患《わずら》いました。この経験は惨憺《さんたん》たる痛みを齎《もたら》したけれども、しかし、そのおかげで私は、自分がいままでに無意識に続けてきた、病気になってもしかたのない食生活や生活習慣に気づかされました。

その結果として、私は、思いきって超低脂肪の食事、コンスタントで過重でない歩行運動の継続、さらに十分な水分とバランスよい栄養の補給、ということを自分に課して、その自助の精神によって、以前よりもはるかに健康的な生活を獲得するに至ったのでした。

病んだことの痛みは、無駄にはならず、むしろそのおかげでより健康な自己を取り戻した、この経験から類推して、私はこう思うようになりました。

今の日本は、痛みに七転八倒している病人だ。これを治すにはどうしても思いきった絶食やら手術が必要だが、しかしその手術の後も自分が経験した痛みを忘れてはなるまいぞ。そうすれば、むしろ病んだことは新しい時代への道しるべとなってくれるはずだ、とこんなふうに思ったのです。

そのためにも、私たちは、いまこの切所《せっしょ》に立って、改めて自分自身を見つめ直し、まずは「自分らしさ」を取り戻すことから始めるべきかもしれません。

かつてのメタボリックシンドローム状態だったバブル的残滓《ざんし》をすっかり清算して、一人ひとりが個人としての生活を第一の場所に置き直すことから始めたい。

会社にインボルブされて己も家庭も見失うのではなく、反対に「自己実現のための手段として」働いているのだということをしっかり肝に銘じ直すことが必要です。

その上で、これから自分たちが向かうべき方向をしっかりと見定めて自己錬磨に励み、豊かな自己を実現する。それがひいては、この日本社会をもう一度世界のなかに、そのグローバルスタンダードを以て、雄々しく立ち上がらせるべき唯一《ゆいいつ》の方途だと、私は信じてやみません。

まさに、いま良い時代がやってきたのです。

ほんとうの帰宅の時代—文庫本のためのあとがき—

単行本『帰宅の時代』を出したのは、四年前のことだが、書いたのはもう少し前、およそ五年前になる。

この四、五年の間に、世界は大きく変った。

いったんバブル崩壊後の不景気から立ち直ってきた日本経済は再びアメリカ発の恐慌《きょうこう》に見舞われて暗澹《あんたん》たる状況に逆戻りし、それがためにまた、職業をめぐる種々相もだいぶ変った。

けれども、この浮沈定まらぬ世を通して、会社人間から個人へという時代の流れは、一貫して変ることがなかったと私は見ている。だからこの度、私はこの本を文庫で出すことにした。ただ、細かな部分では、やはり実情に合わせて一部加筆訂正を加えたところもある。

いっぽう、私の周辺では、あれもこれも、思えばずいぶんいろいろなことが変化を遂げた。

あの頃、イギリスで医者になってロンドン近郊の病院に勤めていた息子は、突如帰国して慈恵医大大学院に入り、日本の医師免許も取得して日本の医者になった。そうして、その後良き伴侶《はんりょ》を得て新しい家庭を作った。また、ロンドンで現代アートに関わっていた娘も、同じ頃にあっさりと日本に引き上げてきて、こちらもあっという間にアメリカ人青年と結婚し、アメリカに移り住み、家庭人として幸福に暮らしている。

そうして、娘のところには男の子が生れ、つづいて息子のところに女の子が生れた。つまりは、この一年ほどで私ども夫婦は、たちまち男女二人の孫持ちの「ジイサン・バアサン」になったのである。

そして今年、私も妻も還暦を迎えた。

そこで、最近つくづく痛感することは、日本国中どこの市町村に行っても、いわゆる高齢者福祉施設が夥《おびただ》しく増えたということである。

比較的元気な高齢者のデイケアを主務とするところから、特別養護老人ホームまで、その機能はさまざまだけれど、ともかく一昔前にくらべて、その数の多さ、また全国的な広がりには、まことに目を瞠《みは》るものがあり、これほど多くなった高齢者ケア施設の存在は、これからの日本を大きく変えていくだろうという予感がある。

されば、私たち、元気な高齢者が社会に貢献できることは、まだまだこれからいくらもあるに違いない。

最近、私はそうした施設を見に行く機会を得たのだが、そこで見た高齢者たちの姿は、すなわち、二十年後三十年後の自分たちだという気がした。

しかも、その時は避け難くやってくる。歳《とし》は取りたくないし、病気にも認知症にもなりたくない。願わくは元気なまま、さまで高齢にならないうちに、ある日突然に身まかりたいものだが、そうそう都合よく生き死にできるものでもあるまい。

だとしたら、私たちに出来る最良のことは何か、と考えてみる。すると、ともかく未来は不定形で、どう動いていくか誰にも予想できないけれど、でも、少なくとも絶えずなにか未来の目標に向かって自分自身をドライブしていくことは出来るにちがいない。それこそが、私たちにできる最良の選択なのではなかろうか。

定年で会社を退き、たくさんの自由時間を得るということは、「無為の時間が増える」のではなくて、「自由に努力する時間が増える」ということだと思い定めて、ともかく一日の休みなく、新しいこと、世の中の為《ため》になることのために努力を継続していくことが必要である。

もし、そういう日々を十全に送ることが出来たら、仮に明日でも、半年後でも、十年後でも、いつか死が冥府《めいふ》から迎えに来た時に、「ああよかった、どれ、それでは一休みしようか」と思って、思い残すことなく身まかることができるにちがいない。

だから私は、これからますます、努力また努力という日々を続けたいとおもう。

そうして少しも休まず弛《たゆ》まず、必死の努力をして、やがてにっこりと笑って死んでみせようぞ、それが私の最大の希望である。

いま、この「個に帰れ」ということを一生懸命に説いた本が文庫本になるに当って、ぜひ言っておきたいことは、じつに、この一事であった。

時間は有限で、決して立ち止まらぬ。ぼやぼやしてはいられない。

さあ、始めよう、今こそ！

二〇〇九年六月其日

菊籬高志堂の北窓下に識《しる》す

息子から父への挑戦状―解説にかえて―

林　大　地

「ちょっとお父さんから話があるっていうから、時間のある時に小金井に来てくれない？」

「いいよ、けど話って何？」

「詳しいことは会って話すから、夫婦揃《そろ》ってとにかくいらっしゃい。悪い話じゃないわよ」

　二〇〇八年夏。僕は東京慈恵会医科大学附属病院の初期臨床研修医（二年目）として小児科研修の真っ最中だった。病棟の中はエアコンが効いていて快適だったが、一歩外に出れば蒸し暑い亜熱帯の夏真っ盛りという日が続いていた。共働きだった妻の仕事が忙しかったため、自分の帰りが早い時は、スーパーに寄って食材を買い、夕飯を料理して妻の帰りを待つということもしばしばあった。十年間にわたるイギリス暮らしのおかげで、料理は全く苦にならなくなっていたし、むしろ良い気分転換になった。父ほどの腕前があるわけではないが、新婚当初は僕が妻に料理を教えたこともあったくらいだ。

この日。夕餉《ゆうげ》の支度を終えて妻の帰りを待っていると、母から一本の電話が入った。当時僕は世田谷区大原に1LDKのマンションを借りて妻と二人で住んでいた。その物件は、京王線代田橋駅から徒歩二分というすこぶる交通の便がよい場所にあったが、いわゆる「デザイナーズマンション」という代物《しろもの》で、建物はすべてコンクリートの打ちっ放し、窓もほとんど開かないような小さなものが申し訳のようにちょこんとついているだけだった。両親にも義父母にも評判は誠に悪く、会うたびに、

「よくそんな陽の当たらない牢屋《ろうや》みたいなところに住んでいられるね」

と言われていたのだった。とはいえ、生活に必要な装備は全《すべ》て最新のものが揃っていたので、共働きの夫婦二人で暮らす分には、室内における冬の厳しい寒さを除けば(笑)十二分に快適なものだった。

ところが、初夏に妻の妊娠が分かってから、事態は一変した。僕も妻も暢気《のんき》に構えていたのだが、両親が今の住居は子育てをするには不向きすぎると強く訴えてきた。あまりにも繰り返し押し返しそう言われるので、僕たちも何となくそういう気になり始めた。

「となると、引っ越さないといけないけれど、簡単にはいかないよなあ。だって、君は産休に入るから収入が減る。今より広くて交通の便が良いところとなると、家賃が上がるのは避けられないだろうし……」

「そうね、もっと郊外に出るしかないかしら。そうすると、大地さんの通勤が大変になっちゃうわね」

「うーん……」

結局は堂々巡りの議論が続き、結論が出ないままの日々が過ぎていた。母からの電話を受けたのは、ちょうどそんな時期だった。

「いや、この度の妊娠は誠に目出度《めでた》い。目出度い限りである。こうなった以上は、出産と子育てについて真剣に考えていかねばならない、ちがうかね?」

と父が切り出した。

「もちろん」

「そのつもりです」

僕たち夫婦は口をそろえた。

「そこで、だ。まずは、あの牢獄みたいな住まいをなんとかせねばなるまい。もっと陽当たりが良くて、且《か》つ子育てをするに必要十分な広さのある住まいでなければ駄目だ」

父は断定的にそう言った。

「それは分かっているけど、交通の便と家賃を考えると、良さそうな物件はなかなかないんだよ」

「うむ。たしかにそうだろう。そこで、提案だが、小金井に戻ってきて、私たちと一緒に住む気はないかね？　と言っても同居ではなく、隣のお祖父《じい》ちゃんの家を二世帯住宅にリフォームして、そこに住むのさ。家賃はかからないし、陽当たりもいい。私たちがいれば子育ての手伝いもしてやれる。生まれてくる子供にとって、ベストな選択だと思うんだが、どうかね」

「なるほど」

「それは助かります」

「まあ、今すぐに決断せよとは言わないから、せいぜい二人でじっくり話し合って、前向きに検討してみなさい」

小金井の実家を辞した僕たちはその晩、ベッドに寝そべりながらさんざんに検討を重ねた。確かに、僕の通勤時間は往復三時間になるし、実家の隣だと妻が多少窮屈な思いをするかもしれない。しかし、やはり家賃がゼロになることと、子育ての応援がすぐ近くにいることの便利さを鑑《かんが》みたとき、これはもう一も二もなくお願いしようという結論が出た。

我が林家では、「思い立ったが吉日」をモットーとしている。ある行動を取ることがベストな選択だと判断した場合は、直ちに実行に移す。今回のリフォーム計画もその例に漏れない。実は、僕たちに正式な打診をする前から、両親はいくつかのリフォーム会社のリサーチを行っており、あとは僕たちのゴーサインが出るのを待つばかりという状態だったのだ。翌日から父は大張り切りでこのプロジェクトに取り組んだ。

そんな父を、母は優しい眼差しで見つめていた。

二〇〇九年二月、両親にとって初の内孫の誕生に合わせるように、リフォームした新居が完成した。かつて、僕が生まれた時、祖母が僕用のベビーベッドを置いていた二階の一室に、今度は娘のベッドが置かれた。病院から妻と娘が退院してきて、娘がこのベッドに優しく置かれた時、僕たちは林望家の世代交代が起こったことを実感した。この日。小金井の地に父方祖父・両親・僕たち夫婦・娘の四世代が一緒に暮らす、夢のような三世帯住宅が完成を見たのだった。思えば、僕たち夫婦よりも、父自身が一番この新居の完成を喜んでいたようである。

父の生き方には哲学がある。その哲学は、本書『帰宅の時代』を始めとした多くの著書にこれでもかとばかりに記されているので、その全てをここに再説するには及ばない。しかし、敢《あ》えて一つ挙げるとすれば、父は家族をとても大切にしている。自分は仕事で忙殺されながらも、僕や妹に愛情を注ぐことを決して惜しまない。僕も齢《よわい》三十を超え、結婚もし、娘も出来たのだから、林大地家の大黒柱として一本立ちして然《しか》るべき立場にある。しかしながら、まだまだ精神的に父に頼ってしまう自分がここにいるのだ。

高校生だった頃から今日に至るまで、僕は父の言うことはほとんど聞かず、あくまでも自分がベストだと信じた道を突き進んできた。その結果、一九歳から二九歳にかけての十年間をイギリスで過ごすこととなり、両親には重い経済的負担を強いただけでなく、長い間実家を不在にして寂しい思いをさせてしまった。にも拘《かか》わらず、父は一度たりともうるさい小言めいたことを言ったことがない。どんな突拍子もないことを僕が宣言しても、

「そうか、ならば応援してやるから、悔いを残さぬよう全力で取り組むように」

といつもバックアップをしてくれた。だから、僕は両親にとても感謝をしている。

「アルバイトをする時間があったら、その分しっかり勉強せよ。その代わり、経済的なことは心配せずとも良い」

「男子厨房《ちゅうぼう》に入るべし」

「やると決めたら直ちに実行に移すべし」

これらはいわば林家の行動マニュアルみたいなものだが、常に両親がこれを実行し

ているので、気づいたら僕もその通りにしていた。そのほかには、体質的なこともあるが、僕は酒を飲まない（飲めない）。煙草《たばこ》も吸わない。周りに流されるのを良しとせず、あくまでも自分の信念を貫く。好き嫌いがはっきりしていて、嫌なことは誰がなんと言おうとやらない。逆に、好きなことは妥協を許さず、とことん突き詰めるまでやる。いつの間にか、僕は父そっくりの男になっていた。親が深い愛と強い信念をもって子育てをすれば、子供はその通りに育つのだ。

もっとも、一つだけどうしても賛同出来ない哲学がある。それが、本書にも出てくる「世話を焼かナイジョの功」である。両親の実生活を見ていると、確かにお互いのことを気遣いながらも勝手気ままに行動している。互いにとってストレスフリーを強調しているが、僕はこのフレーズにはあまり深い感銘を受けない。夫婦なのだから、僕は妻とお互いの世話を焼き合いたいと思っているし、今のところ実行出来ているのだから、僕は僕のポリシーを貫いていきたい。

ここで林望家の家訓を復唱させてもらう。

「子は親を超えよ」

僕はこの言葉を胸に、単身イギリスの地で戦ってきた。いくつかの事柄については、父を超えることに成功した。

例を挙げれば、クラシックギターについては、自他共に認める腕前を得るに至ったが、父よりも明らかに上手《うま》くなってしまったため、自らのモチベーションが低下して、今ではめっきり弾くことがなくなった。父を超えた時点で僕にとっては満足だったのだ。また、英語力については、僕はイギリスで医師をしていたぐらいなので、ほぼネイティブ並だ。父の英語は強いオックスブリッジ・アクセントがあって、とても流《りゅう》暢《ちょう》であることには違いないが、最近は英語を話す機会がほとんどなくなってきたこともあり、僕とはまるで勝負にならない。

反対に、最初から父を超える事は絶対に出来ないだろう、と諦《あきら》めていることもある。それは、料理の腕前と、車の運転技術と、作家としての執筆力である。僕もこれらの全てを行っているが、父の足下にも及ばないし、それはそれで構わないとリラックスして臨んでいる。

最後に一つ。どうしても父を超えたい事がある。これを達成することが出来れば、僕は祖父と父、二人を同時に超えることになり、林望家の嫡男《ちゃくなん》として末代まで誇れる事なのだが、その内容は敢えてここには書かない。
三十年後の僕を見ていて欲しい。
これは僕から父への挑戦状である。

（平成二十一年七月、愛宕山《あたごやま》の麓《ふもと》にて、医師）

この作品は二〇〇五年六月新潮社より刊行された。

井形慶子著

古くて豊かなイギリスの家
便利で貧しい日本の家

家は持った時からが始まり。理想の家は手をかけ時間をかけてでき上がる——英国人の家のこだわり方から日本人の生き方を問い直す。

井形慶子著

お金とモノから
解放されるイギリスの知恵

無駄を省き、古いモノを慈しみ、自分を大切にして生きる。質素でありながら上質。「真の豊かさ」のためのイギリス式生活のすすめ。

井形慶子著

仕事と年齢にとらわれない
イギリスの常識

仕事を辞めた。年齢を重ねた。今こそ人生が輝くとき！ イギリス社会が教えてくれる、背伸びせず生きる喜びを謳歌する方法とは。

井形慶子著

3つに分けて
人生がうまくいく
イギリスの習慣

「ひとり3役」を演出することこそが、豊かな生活への鍵。今日から実践できる、「3」で分けるイギリス流ライフスタイルとは？

井形慶子著

少ないお金で夢がかなう
イギリスの小さな家

快適な家とは広い家にあらず。著者がイギリスで目にした、居心地のよい家作りの工夫とは？ 日本人こそ学ぶべき英国流住宅術。

石田千著

月と菓子パン

猫みちを探索する。とうふやを巡る。友だちと会う。何気ない日常こそが愛おしい。絶賛を浴びた、女性エッセイストの処女作品集。

いとうせいこう著
ボタニカル・ライフ
—植物生活—
講談社エッセイ賞受賞
都会暮らしを選び、ベランダで花を育てる「ベランダー」。熱心かついい加減な、「ガーデナー」とはひと味違う「植物生活」全記録。

いしいしんじ著
いしいしんじのごはん日記
住みなれた浅草から、港町・三崎へ。うまい魚。ゆかいな人たち。海のみえる部屋での執筆の日々。人気のネット連載ついに文庫化！

いしいしんじ著
三崎日和
—いしいしんじのごはん日記2—
三崎は夕暮れの似合う町。朝から書いて、夜は音楽をかけ、窓を開けはなし、酒をのんでいた。人気のネット連載、待望の第二弾！

野口悠紀雄著
「超」リタイア術
退職後こそ本当の自己実現は可能！　サラリーマンの大問題である年金制度を正しく理解し、リタイア生活を充実させる鉄則を指南。

野地秩嘉著
サービスの達人たち
伝説のゲイバーのママからヘップバーンを感嘆させた靴磨きまで、サービスのプロの姿に迫った9つのノンフィクションストーリー。

野瀬泰申著
天ぷらにソースをかけますか？
—ニッポン食文化の境界線—
赤飯に甘納豆!?　「天かす」それとも「揚げ玉」？　お肉と言えばなんの肉？　驚きと発見の全国〈食の方言〉大調査。日本は広い！

伊丹十三著

ヨーロッパ退屈日記

この人が「随筆」を「エッセイ」に変えた。本書を読まずしてエッセイを語るなかれ。一九六五年、衝撃のデビュー作、待望の復刊！

伊丹十三著

女たちよ！

真っ当な大人になるにはどうしたらいいの？　マッチの点け方から恋愛術まで、正しく、美しく、実用的な答えは、この名著のなかに。

伊丹十三著

再び女たちよ！

恋愛から、礼儀作法まで。切なく愉しい人生の諸問題。肩ひじ張らぬ洒落た態度があなたの気を楽にする。再読三読の傑作エッセイ。

伊丹十三著

日本世間噺大系

夫必読の生理座談会から八瀬童子の座談会まで、思わず膝を乗り出す世間噺を集大成。リアルで身につまされるエッセイも多数収録。

開高健著

地球はグラスのふちを回る

酒・食・釣・旅。——無類に豊饒で、限りなく奥深い〈快楽〉の世界。長年にわたる飽くなき探求から生まれた極上のエッセイ29編。

開高健著

開口閉口

食物、政治、文学、釣り、酒、人生、読書……豊かな想像力を駆使し、時には辛辣な諷刺をまじえ、名文で読者を魅了する64のエッセー。

新潮文庫最新刊

河合隼雄著
いじめと不登校
個性を大事にしようと思ったら、ちょっと教えるのをやめて待てばいいんです――この困難な時代に、今こそ聞きたい河合隼雄の言葉。

宮本照夫著
ヤクザが店にやってきた
―暴力団と闘う飲食店オーナーの奮闘記―
長年飲食店を経営してきた著者が明かす、ヤクザを撃退する具体策。熱い信念に貫かれた、スリリングなノンフィクション。

NHKスペシャル取材班著
グーグル革命の衝撃
大川出版賞受賞
人類にとって文字以来の発明と言われる「検索」。急成長したグーグルを徹底取材し、進化し続ける世界屈指の巨大企業の実態に迫る。

T・R・スミス
田口俊樹訳
グラーグ57
（上・下）
フルシチョフのスターリン批判がもたらした善悪の逆転と苛烈な復讐。レオは家族を守るべく奮闘する。『チャイルド44』怒濤の続編。

R・バック
法村里絵訳
大女優の恋
フェレット物語
女優を目指すシャイアンと自然を愛するモンティ。目標のため離れ離れになった二匹だが。夢を追う素晴らしさを描くシリーズ第四作。

J・バゼル
池田真紀子訳
死神を葬れ
地獄の病院勤務にあえぐ研修医の僕。そこへ過去を知るマフィアが入院してきて……絶体絶命。疾走感抜群のメディカル・スリラー！

帰《き》宅《たく》の時《じ》代《だい》

新潮文庫　は－25－4

平成二十一年九月一日発行

著者　林《はやし》　望《のぞむ》

発行者　佐藤隆信

発行所　株式会社　新潮社

郵便番号　一六二―八七一一
東京都新宿区矢来町七一
電話　編集部(〇三)三二六六―五四四〇
　　　読者係(〇三)三二六六―五一一一
http://www.shinchosha.co.jp

印刷・二光印刷株式会社　製本・憲専堂製本株式会社

ISBN978-4-10-142824-6 C0195